요그
츠하방목사

½ 무사하세요.

오늘도, 무사

오늘도, 무사

조금씩, 다르게, 살아가기

요조 지음

북노마드

contents

모든 음악 앨범이 그렇지는 않겠지만 많은 경우, 음악 앨범을 감상하는
건 에세이를 읽는 기분을 들게 한다. 반대로 이 책을 읽는 동안은
요조의 새로운 앨범을 감상하는 기분이 들었다.

언니가 기록한 날들의 조각은 곧 노래의 일부이기도 하고, 열었던
워크숍들은 명확한 주제와 콘셉트를 가진 공연이기도 했다. 음악
앨범이 아닌 에세이로 표현했다고 해서 언니가 발표해왔던 노래들과
이 에세이의 내용이 서로 다른 장르로 느껴지지 않았고, 전달받는
이미지와 분위기도 크게 다르지 않았다. 그래서 신기하고, 좋았다.
이 책은 싱어송라이터 요조의 작품 중 하나로서도 즐거울 것이고,
만들어진 지 이제 4년이 갓 넘은 싱그러운 책방 주인의 기록으로서도
즐거울 것이다.

뮤지션이라는 '직업 1'과 그것이 가져왔던 유명세가 책방에 독이
되기도 한다는 것을 이 책에 차분하고 평온한 표현으로 담게 되기까지,
얼마나 많은 생각이 거쳐갔을까.

음악을 할 때나 책방에 있을 때나, 자신과 타인 모두의 무사를 열심히
소망하고 있을 언니의 무사를, 소망한다. ― 선우정아(뮤지션)

잘 그린 인생의 그림 한 장을 완성해가는 일은 녹록지 않다. 아마 요조 씨도 잘 그린 그림 한 장을 완성하자는 방편으로 책방을 열었을 것이다. 인생은 대단한 것이 아니라 하나의 만남과 하나의 헤어짐이 겹쳐지면서 겨우 한 장의 페이지가 모이는 것. 우리 요조 씨도 그 페이지를 넘기면서 조금씩 성장하면서 절룩이고, 조금씩 기뻐하면서 충돌한다. 책이 주는 위로와 사람이 주는 위안이 다르면서도 닮아 있다는 사실을 함께 알아가자며 손을 잡아 이끄는 우리 요조 씨. 몇 킬로미터가 남아 있는지 도무지 알 수 없는 인생을 여행하는 길목에는 그녀의 책방이 있다. 조금은 지쳐 있는 우리에게 "한 아름, 무사하세요"라는 경쾌한 인사를 건네는!!! — 이병률(시인)

9

요조를 알게 된 지 1년인데, 아직도 그 앞에 서면 긴장한다.

사교성이라든가 '케미'와는 다른 차원의 문제다. 그는 작지만 신실한

세계를 가슴에 품고, 그 우주를 주변으로 넓히는 사람이다(나뿐 아니라

요조 근처에 있는 모든 이들이 그걸 느낀다). 난 내가 그 소중한 세계를

망가뜨릴 것 같아 두렵다. 아름다운 연못을 본 독개구리의 심정과

비슷하다.

작지만 신실한 그 세계는 3년 전 구체적인 공간이 됐다. 책방 무사,

이 공간은 크고 너절한 세계에 맞서 싸운다. 누군가 몰래 버린 음식물

쓰레기봉투가 있고, 돈은 중요하지 않다고 하다 다시 연연하게 되는

마음이 있다. 호신용품과 CCTV가 반드시 필요하다. 절망해서 우는

밤이, '끝낼까?'라는 질문이 가끔 찾아온다.

그러나 책방 무사는 씩씩하고, 용감하고, 다정하고, 꽤나

유머러스하다. 동지들이 모여 워크숍을 열고 더 나은 삶을 같이

꿈꾼다. "제 책방 정말 예쁘죠"라는 질문에 힘차게 고개를 끄덕이면

기괴한 맛의 커피를 한 잔 마실 수 있다. 너절한 세계에 지친 분들이

꼭 읽기 바란다. 신실한 세계의 투쟁을 보며 "잊지 마, 내일도

좋을 거야"라는 위로를 얻기를. 그리고 신실한 세계의 확장을

응원해주기를. ― 장강명(소설가)

책방 주인장이 된 지 4년 차가 되었다.

이 사실을 떠올리면 여러 가지로 놀라움을 금치 못한다. 일단
시간이 너무 빠르다는 것에 한 번 놀라고, 여태 망하지 않고
살아남았다는 것에 한 번 놀라고, 4년이나 지났는데도 여전히
서툴기 바쁘다는 것에 한 번 놀라고…….

그 첫번째 해, 가장 정신없었던 해의 기록이다.

당장 1년 전에 쓴 글도 부끄러운데 무려 4년 전의 글들이라 정말
많이 부끄럽다.

이후에 몇 개의 원고를 추가했고 그때 당시 어딘가에 책을
소개했던 짧은 칼럼들도 조금 넣었다. 그래서 읽다보면 반말이
나오다가 갑자기 존댓말이 나오고 그럴 텐데 깜짝 놀라지
않기를 바란다.

다양한 사람들의 이름이 등장할 것이다. 특별히 그 이름들을
일일이 외우려고 노력하지 않아도 괜찮다. 그러나 기억하면
좋은 이름이 두 개 있다.

하나는 책방 직원 1호이자 내 남자친구인 이종수이고, 또 하나는 책방 직원 2호인 내 구 열성팬 원성희이다.

이 두 사람의 이름 덕에 무사의 첫 1년이 정말로 무사했다고 생각한다.

특히 나는 이종수 덕에 책방뿐만 아니라 내 삶 전체가 무사하다고 느낀다.

이 책을 쓰자고 4년 전에 제안해주신 북노마드의 윤동희 대표님에게도 감사드린다.

대표님이 아니었으면 이 소중한 1년의 기억들이 일목요연하게 기록될 일은 없었을 것이다. 훨씬 빨리 나올 수 있는 책이었는데 앨범 내느라, 책방 이사하느라, 공사하느라, 온갖 핑계를 대면서 원고 정리를 하지 않았던 끔찍한 저자를 묵묵히 기다려주신 것에 대한 미안함도 빼놓을 수 없다.

부모님은 '요조가 책방을 냈다'는 기사를 신문에서 보시고 내가 책방을 낸 사실을 아셨다.

매사를 일단 저지르고 통보하는 내 방식에 섭섭함이 일상이 되셨을 두 분에게 위로의 마음을 전하고 싶다. 변함없는 신뢰와 사랑도 같이.

그리고 내 동생 수현에게 말로는 할 수 없는 그리움을 보낸다.

어떤 책과 인연을 맺는 일은 자연스럽지만 간단하지는 않다.
정말 그렇다. 책방에서 사람들이 책을 고르는 모습을 4년간
지켜보면서 이 생각이 더욱 확고해졌다.
그래서 이 책을 잡고, 펼치고, 그리고 읽기로 마음먹어준
당신에게 내가 얼마나 감사하고 있는지 마지막으로 꼭 말하고
싶다.
당신의 오늘도, 무사하기를 바란다.

제주 책방무사에서
요조

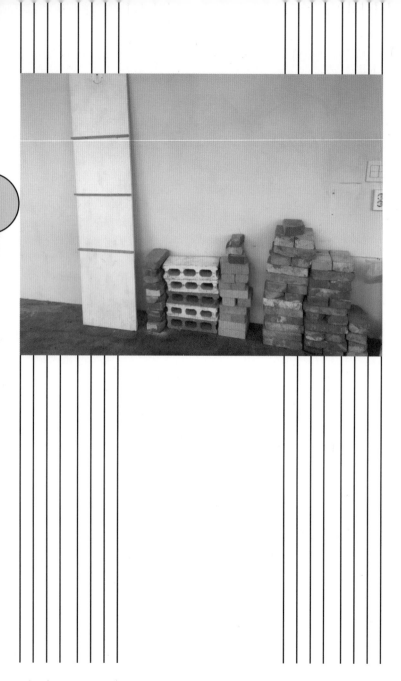

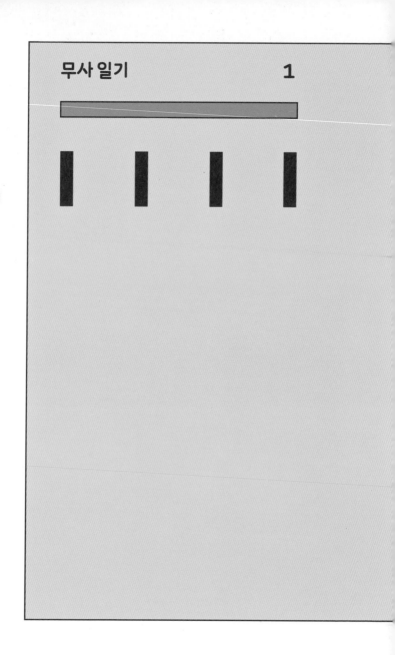

'멈출까?'라는 질문 앞에서 다들 무력하다. 지금

다니는 직장을, 지금 만나는 사람을, 지금 꾸고

있는 꿈을, 지금의 삶을 끝내버릴까 하다가도

'말도 안 되지'라고 돌아서게 만드는 질문.

역설적으로 다시 힘을 내게도 하는 질문. 시작하는

것을 두려워하지 말라고 우리는 강요받는다. 딱

그만큼 우리는 그만두는 것에도 두려워하지 않을

용기가 필요하다.

조금씩 다르게

간행물을 입고하고 싶다는 연락을 받고 미팅을 하기로 했다.
약속 장소에서 만난 제작자의 얼굴이 굉장히 낯이 익었다.
누구인지 기억나지 않아서 아는 척하지 못하고 일단 인사를
건넸다. 그는 인사를 하고 내 앞에 앉자마자 바로 '사실 우리는
아는 사이'라는 말부터 꺼냈다. 아마도 내 인사를 보면서
자기를 알아보지 못했다는 것을 알았으리라. 알고 보니 그는
예전에 '로모 숍'에서 일하던 분이셨다. 로모 숍이 홍대 근처에
있던 시절, 나 역시 아주 활발하게 로모 카메라로 사진을
찍었다. 사진 현상을 하거나 필름을 사러, 아니면 그냥 커피를
마실 요량으로 그곳에 엄청 드나들었다. 여기까지 생각하던
나에게 그는 뜬금없이 '좌파 우파' 이야기를 꺼냈다.

      - 요조 씨가 키우던 좌파 우파요. 여행 가실 때 저희
      매장에 맡겨두고 가셨잖아요.
      - !!!

그랬다! 일본이었나, 제주도였나. 여행을 제법 오래 떠나면서

내가 키우던 파 두 뿌리 '좌파'와 '우파'를 로모 숍에 맡긴 적이
있었다.

　　- 부탁하셨으니까 매일 물갈이해주고 볕이 잘 드는 곳에
　　뒀습니다만…… 내가 왜 파 따위에게 이렇게 정성을
　　들이고 있나 그런 생각을 좀 했었더랬습니다.

이 책을 열심히 팔아드리는 것으로 그때의 은혜를
갚아야겠다고 굳게 다짐했다.

이제 로모 숍은 없어졌다. 그곳에서 일하던 사람들도 다들
뿔뿔이 흩어졌는데, 나와는 아직도 연을 맺고 있다. 돌연 세계
여행을 1년 동안 다녀온 ㅈ씨는 제주도 어느 게스트하우스에서
스태프로 일하며 유유자적 지내고 있다. ㄷ씨는 아주 인정받는
화가이자 같은 동네 주민이어서 동네 카페에서 맥주를
나누기도 했다.[*] 그리고 오늘 이렇게 책방 주인과 제작자라는
관계로 로모 숍 직원과의 인연이 다시 이어졌다.
새삼 시간이 많이 흘렀다.
그사이 우리 모두 조금씩 다른 사람들이 되어 있었다.
여전히 무사해서 감사하다.

[*] 지금은 둘 다 북촌에 살지 않는다.

할머니

책방 인근을 하염없이 돌아다니시는 수줍음이 굉장히 많은
할머니가 계신다. 나를 알아보시다가도 못 알아보신다. 매일
음료수를 드리며 말을 붙여보다가, 오늘은 드디어 가게 안으로
들어오시게 하는 데 성공했다. 할머니는 조심스럽게 테이블에
앉아 내가 드린 음료수를 허겁지겁 드시고 후다닥 나가셨다.

끝낼까?

《headache》라는 잡지를 예전부터 좋아했다. 책방을 준비하면서 잡지를 입고하려고 연락했는데, 이제 마지막 발간만 남기고 있다는 사실을 알았다. 아쉬운 마음이 컸지만 마지막 호라도 입고할 수 있어서 다행이었다. 매번 간단하지만 쉽지 않은 질문을 던지는 것이 콘셉트였던 이 잡지의 마지막 질문은 '끝낼까?'였다. 나는 이제 시작하는 것보다도 '끝내는' 것이야말로 더 큰 용기가 필요하다고 생각한다.

나의 가장 오랜 친구인 김상희는 나와 초등학교 동창이다. 초등학교를 졸업하고 한 번도 같은 학교를 다닌 적이 없다. 대학생이 되면서 나는 음악을 하겠답시고 공부에 전혀 신경을 쓰지 않았고, 김상희는 공무원 시험을 준비했다. 크고 중요한 시험을 준비하는 사람들은 보통 시간을 내서 놀 엄두를 내지 못한다. 시간이 부족한 탓도 있겠지만 정작 시간을 내서 놀아보려고 해도 내가 이렇게 놀아도 되나 싶은 죄책감과 불안감 때문에 온전히 그 시간에 집중하지 못하는 것이다. 김상희도 그랬고, 나는 그 마음을 이해할 수 있었다. 김상희가 공무원 시험을 준비하던 몇 년간 우리는 거의 만나지 못했다.
가끔씩 김상희는 내게 전화해서 '이 짓을 끝낼지 말지'를
물어보곤 했다.

나는 당연히 김상희가 얼른 그만두었으면 했다. 그래서 다시
마음 편하게 만나서 떡볶이를 먹고 놀았으면 했다(우리가 긴
우정을 나누는 동안 거의 한 번도 빠짐없이 만나는 장소는
ㅇ떡볶이집이었다. 일단 떡볶이부터 한 접시 비우고 시작했다,
뭐든지). 그러나 '끝내라'는 말을 입 밖으로 낼 엄두가 나지
않았다. 그동안 내가 곁에서 지켜본 김상희의 수고와 노력을
외면할 수 없었다. 그러나 김상희가 두려워하는 것은 따로
있었다.

　　– 독서실과 집만 오가며 공부만 하며 몇 년을 살았는데,
　　나 이 짓 끝내고 나면 뭐하지?

나는 아무 말도 할 수 없었다. 김상희의 공포를 감히 짐작조차
할 수 없었다. '멈출까?'라는 질문 앞에서 대체로 다들
무력하다. 지금 다니는 직장을, 지금 만나는 사람을, 지금
꾸고 있는 꿈을, 지금의 삶을 끝내버릴까 하다가도 '말도 안
되지'라고 돌아서게 만드는 질문. 역설적으로 다시 힘을 내게도

하는 질문.

시작하는 것을 두려워하지 말라고 우리는 강요받는다. 딱
그만큼 우리는 그만두는 것에도 두려워하지 않을 용기가
필요하다. '멈출까?'라는 질문 앞에 놓인 사람들의 이런저런
이야기를 읽으면서 자연스럽게 김상희가 생각났다. 이제
공부를 끝내기로 했다고, 떡볶이를 먹자고 하던 그 용감한
모습이.

Sound Body Sound Mind

오른쪽 손가락뼈에 금이 가서 통깁스를 했다. 깁스는 처음 하는
것이었다. 솔직히 좀 재미있는 경험이었고 사람들이 나를 엄청
배려해줘서 특히 좋았다. 가만히 있어도 연약하고 보호해줘야
할 사람처럼 보였는지 알아서 문을 열어주고 닫아주고,
마을버스 기사 아저씨는 차가 완전히 멈추기 전에는 일어나지
말라고 주의를 주기까지 했다. 이런 대접, 대접들!

나는 아픈 것은 내 팔이고, 그건 나와 상관없는 일이라고
생각했다. 그러니까 팔은 팔대로 스스로 나을 것이고, 나는
나대로 내 루틴routine을 평소처럼 이어가면 될 거라고 생각했다.
그런데 그렇게 간단한 일이 아니었다. 점점 내 팔의 문제가 내
문제가 되었다. 금방 지치고 피로해지고 예민해졌다.

　　- 팔이 아픈데 왜 이렇게 피곤하지?
　　- 팔만 아파야 하는데 왜 머리도 아프지?
　　- 다친 건 팔인데 왜 노래가 안 되지?(가장 이해되지
　　않으면서 열 받는 부분이었다)

이런 멍청한 생각을 계속하다가 결국 항복했다. 그리고
절절하게 깨달았다. 아프지 말아야 한다. 거창한 얘기를 하려는
게 아니다. 아주 사소한 아픔이라도 있는 힘껏 피해야 한다.
종이에 손을 베는 일도 없어야 하고, 발가락에 티눈이 생기게
해서도 안 된다. 손톱이나 발톱을 너무 짧게 깎아 아파서도
안 되고, 너무 뜨거운 것을 급하게 먹어서 입천장을 데어도 안
된다.

아프지 말아야 한다.
어디든 아프지 말아야 한다.
영혼이니 정신이니 치켜세울 필요 없다.
몸! 몸!
몸이 중요하다.
사운드 바디 사운드 마인드 Sound Body Sound Mind.
오늘 《언니네 마당》이라는 잡지의 가을 호를 읽는데, 어떤
프랑스 여자의 인터뷰가 등장했다. '행복이 뭐냐'는 질문에
그녀는 이렇게 말했다.

　　- 건강이죠. 더 길게 말할 것도 없어요. 다음 질문!

이분도 나처럼 깁스한 적이 있었나보다.

진상 손님

책방에 어떤 손님이 와서 한참을 머물렀다. 사십대 후반에서
오십대로 추측되는 남자였다. 8만 원 넘게 책을 구입했다. 한
번에 이렇게 많이 사주는 손님은 흔치 않아서 나도 모르게 더
친절해지고픈 마음이 들었다. 손님도 내게 이것저것 물어보기
시작했다. "팔은 왜 다치셨어요"로부터 시작하는 몇몇 질문에
나는 충실하고 친절하게 답변했다.

손님은 "이 책방의 콘셉트가 뭐냐?"고 물었다. 인터뷰하면서
단 한 번도 듣지 않은 적이 없었던 질문. 나름대로 고심하느라
대답하기까지 약간의 시간이 걸렸다. 평소대로라면 "콘셉트는
없다"고 바로 대답했을 텐데, 8만 원 넘게 책을 구입해주신
데 대한 친절을 베풀고 싶은 마음으로 완곡하게 "콘셉트를
강요하는 것에 약간 거부 반응이 있다"고 설명해주었다. 손님은
이렇게 말했다.

> – 아니, 책방을 만들 때 무슨 철학 같은 게 있었을 것
> 아닙니까?

나는 조금 웃었다. 슬슬 짜증이 났다.

　　– 그냥 책이 좋아서 하고 있습니다. 하고 싶어서 하는
거예요. 대단한 철학은 없습니다.

손님이 말했다.

　　– 그런데 책을 좀 가려서 받으시는 건 어때요?

이번에도 조금 가만히 있었는데, 이번 침묵은 고심이 아니라
빡침을 진정시키기 위한 시간이었다. 나는 대답했다.

　　– 여기 있는 책은 다 제가 좋아하는 책입니다. (한숨
고르고) 저는 이미 가려서 받고 있고요. 제가 어떤
작품을 좋다 나쁘다 하기에는 좀 그렇지만, 성격이
좀 맞지 않는다 싶으면 입고를 정중하게 거절하고
있습니다.

손님은 "아…… 그렇죠. 각자의 취향이라는 게 있으니까"라고
하더니 "제가 괜찮은 책들을 좀 추천해드려도 될까요"라고
말했다. 묻지도 않은 자기 이야기가 이어졌다.

- 제가, 사실 시를 전공하거든요. 아무래도 문학 쪽에
있어서 제가 좀 잘 아니까…….

아주 모범적인 맨스플레인ᵐᵃⁿˢᵖˡᵃⁱⁿ*을 당하고 있는 현장이었다.

책방을 열고 나서 진상 손님들이 심심치 않게 오고 있다.
대부분은 그냥 그러려니 넘어가고 있다. 왜냐하면 내가 갖고
있는 약간의 인지도를 따져보았을 때 충분히 일어날 수 있는
일이라고 이미 예상했고, 사실 진상 손님들보다 좋고 고마운
손님들이 훨씬 많아서이기도 했고, 그 순간 당시에는 짜증도
나고 화도 나지만 돌이켜보면 그들에게서 어떤 순진함이라고
해야 하나, 아무튼 밉게만 볼 수 없는 그런 점이 늘 있었기
때문이었다. 그러나 오늘 이 손님에게만큼은 그런 관용을
베풀고 싶지 않아서 두고두고 기억하여 반면교사로 삼기 위해서
최대한 디테일하게 대화를 기억했다. 그리하여 지금 여기에도
기록해두는 것이다.

* 남자(man)와 설명하다(explain)를 결합한 단어. 대체로 남자가 여자에게 잘난 체하며 아랫
사람 대하듯 설명하는 것을 말한다.

못난이

책방을 오픈하고 그간 방문해준 이런저런 주변 지인들을 아무
뜻 없이 한 사람 한 사람 생각해보았다. 생각하다보니 '의외의'
인물이 참 많았다. 이를테면 사느라 바빠서 오랫동안 못 본
지인, 제주도에서 우연히 한 번 본 게 전부였던 지인, 내가 별로
챙겨준 일이 없던 지인…… 책방에 와줄 만한 관계는 아니라고
생각한 사람들이 아무 기별도 없이 갑자기 찾아왔다. 나는 그런
사람들이 책방에 나타날 때마다 기뻐서라기보다 정말 놀라서
놀란 적이 잦았다.

자연스럽게 내 사유가 '응당'이라는 단어를 만들어냈다. 응당
와야 하는 사람들은? 당장 몇몇 얼굴들이 떠올랐다. 아니
이 사람들은 당연히, 진즉 왔어야 하는 거 아냐? 왜 안 와?
지금까지 내가 얼마나 잘했는데, 적어도 말이라도 축하해줘야
하는 거 아냐? 못난 생각이라는 것을 알면서도 멈출 수 없었다.
그 생각에 제대로 붙들리고 말았다. 며칠이 지나도 생각은
떠나지 않았고, 급기야 '섭섭한 사람' 리스트를 머릿속으로
짜는 지경에 이르렀다.

점점 못난 생각에 사로잡힌 나는 혼자 분해서 '이제부터 나도 잘해주지 않으리라' 다짐하면서 금쪽같은 내 하루를 서운해하고 미워하는 데 소요했다. 그러다가 정말 갑자기, 마치 제정신이 아닌 사람에게 잠깐씩 제정신을 차리는 순간이 오듯이 나에게도 그런 순간이 왔다. 이런 못난 생각들을 그만두지 않으면 내가 못난 사람이 되고 말 거야. 나는 당장 생각나는, 가장 좋아하기 때문에 가장 미웠던 'ㅂ'에게 문자를 보냈다.

> - 언니는 나 책방 낸 거 축하 안 해줘? 안 궁금해? 안 와보고 싶어? 두 달이 넘어가는데? 대체 언제 올 거야, 당장 오지 못해?

남자의 눈물

'북극곰'이라는 출판사에서 책방에 찾아왔다. 그림책 전문
출판사라며 그림책을 잔뜩 주고 가셨다. 온종일 책방에서
그림책을 읽었다. 저녁에 책방에 온 종수에게 『행복한
질문』이라는 그림책을 읽어보라고 했다. 종수는 책방 구석에서
조용히 그 책을 읽었다. 책이 두껍지 않아서 금방 읽을 텐데
종수는 영 고개를 들지 않았다.

    - 종수야, 다 읽었어? 아까 이 책을 읽는데 네 생각이
    많이 나서…….

종수에게 다가가 어깨에 손을 올렸다. 그러자 갑자기 종수가
내 어깨에 얼굴을 묻더니 막 울기 시작했다. 나는 누가 울면
맥락 없이 따라 우는 편이라 겉으로는 별수 없이 같이 울었지만,
속으로는 'ㅋㅋㅋㅋㅋㅋㅋㅋ'였다. 한 남자를 5분 만에
울리는 그림책의 힘!

이 책을 입고하기로 결정했다.

한 해 끝

연말은 사람의 마음을 흔든다. 한 해의 끝을 목도하면서 조금도
마음이 동요되지 않는 사람이 있을까.

2015년 마지막 날, 책방을 여는 나의 마음도 바쁘게 요동했다.
책방 문을 열자마자 난로에 불을 붙이고 공기를 데우며 커다란
창밖을 바라보고 서 있었다. 오가는 사람들의 얼굴을 본다. 한
해를 살아낸 자신에게 어떤 평가를 내렸을까. '잘했어, 이만하면
수고했다' 했을까, '역시 난 안 되는구나' 절망하고 있을까.

다시 나에게로 돌아온다. 나에게 2015년의 절반은 그저
'책방'뿐이었다. 책방을 내고 나서는 아예 그 공간이 내 세상의
전부가 되고 말았다. 어느 날은 책방이 일터가 되어 사람들과
미팅을 했고, 어느 날은 책방이 카페가 되고 밥집이 되어
친구들과 친목을 나눴다. JTBC 〈김제동의 톡투유 - 걱정
말아요 그대〉 방송 녹화를 앞두고 책방은 합주실이 되어 그
안에서 기타 소리에 맞춰 목소리를 뽑았다. 스케줄이 있을 때를
빼고는 지박령地縛靈, 땅에 얽매여 있는 영혼처럼 책방에 붙어서 살아온

지난 몇 달이 솜사탕을 먹는 일처럼 감쪽같이 지나갔다. 그
증거로 벽에 빼곡 붙어 있는 고마운 사람들의 쪽지와 엽서들을
하나하나 눈으로 좇아 읽다보니 나는 '감사' 말고 다른 것을
떠올릴 수 없었다. SNS 책방 계정으로 공지를 올렸다.

　- 오늘은 12월의 마지막 날입니다. 2015년처럼 쓴
　커피를 대접하겠습니다. 오소서.

그날 온 손님들은 모두 내가 내린 쓴 커피를 맛봐야 했다.

나는 1월의 사람들이 유독 사랑스럽다.

오래가지 못할 걸 알면서도 이것저것 다짐하고

결심하는 비장하고 달뜬 얼굴들. 그리고 얼마

안 가 한결같이 실패해서 시무룩해질 얼굴들.

바보 같다. 멍청이 같다. 너무 좋다.

오늘 책방에 들어오는 사람들의 마음속에는

아마도 '올해는 꼭 책을 많이 읽을 거야'라는

다짐이 들어 있을까.

새해 첫날

어젯밤 11시 30분경 잠자리에 들었다. 자면서 새해를 맞이하는
것도 괜찮겠다 싶었다. 잠드는 데 성공했나 싶더니 귀신같이
12시에 눈이 딱 떠졌다. 집에 틀어놓은 쇼난 비치 FM*에서
낮고 느끼한 감이 있는 디제이가 일본식 영어 발음으로 "하-피
뉴-이아happy new year"라고 했다. 새해를 맞이하는 감회라든지,
그것도 아니라면 이야- 같은 탄성이나 감탄사도 없이 "하-피
뉴-이아"라는 말만 하고는 바로 다음 재즈곡이 흘러나왔다. 그
곡을 들으며 나도 다시 잠이 들었다.

나는 1월의 사람들이 유독 사랑스럽다. 오래가지 못할 걸
알면서도 이것저것 다짐하고 결심하는 비장하고 달뜬 얼굴들.
올해는 담배를 끊을 거야, 운동할 거야, 살을 뺄 거야, 일기를
쓸 거야, 여행을 갈 거야, 연애를 할 거야, 그(녀)를 잊을 거야.
그리고 얼마 안 가 한결같이 실패해서 시무룩해질 얼굴들.
바보 같다. 멍청이 같다. 너무 좋다.
오늘 책방에 들어오는 사람들의 마음속에는 아마도 '올해는 꼭
책을 많이 읽을 거야'라는 다짐이 들어 있을까.

나 역시 다짐이라는 것을 아까부터 열심히 하고 있기는 하다.

나는!
나는 오늘부터가 실전이라고 마음먹었다. 이전까지는
워밍업이었다고. 지금까지는 '적자만 아니면 된다'는 생각으로
어림잡아 계산하고 대충 넘기곤 했지만, 이제부터는 가계부에
정확히 얼마의 손익이 났는지 꼼꼼히 기록할 거라고 다짐했다.
그리고 나에게 좀처럼 없는 서비스 정신도 더욱 많이 품을
것이다.

어제는 2015년처럼 쓴 커피를 주었으니 오늘은 다른 것을
주어야겠다고 생각했다.

  - 새해 첫날을 무사히 맞은 책방 무사에서 오늘은
    꿀차를 드립니다. 오소서.

2016년 한 해는 이 꿀차처럼 늘 달콤하기를 기원하면서, 엄마가
나 먹으라고 준 밤꿀단지를 가슴에 안고 출근했다. 뜨거운
물에 소로록 녹인 꿀차를 사람들의 손에 하나씩 쥐어주며 오래
전에 읽은 『작은 아씨들』의 어느 구절을 떠올렸다. 정확하게는
기억나지 않지만 더듬더듬 떠올려보자면 이런 내용.

'잼은 달콤하기 때문에 잼을 먹으면 마음도 달콤해질 것이다.'

온종일 단내를 맡아 나 역시 내내 달았다.

2016년의 내 작은 세상이 무사히 달게 시작되었다.

* Shonan Beach FM. 일본 쇼난 지역 인터넷 라디오 방송. www.beachfm.co.jp/index.html

성우

성우는 내 팬이었다. 6, 7년 전 내 생일 즈음 보온병에 미역국을
싸가지고 공연장에 온 게 너무 웃겨서 그때부터 이 아이를
기억하기 시작했다. 대학을 졸업하고 첫 직장에서 월급을
탔다며 화장품을 사서 오거나, 겨울이니까 손 시리지 말라고
장갑을 선물한다거나 하면서 성우는 잊을 만하면 나타났다.

그때마다 나는 보답할 게 없어 맥주를 사줬고, 우리는
얼큰해져서는 서로의 꿈을 폭로했다(성우는 소설을 쓰는 게
꿈이었고 나는 시를 쓰는 것이 꿈이었다). 이제 와서는 성우를
내 팬이라고 할 수 없게 되었다. 아마 성우도 나를 그렇게
생각할 것 같다.

오늘 책방에 성우가 왔다. "어떻게 사니"라고 묻자 작은 경제
잡지에서 기자 일을 하고 있다고 했다.

- 글 쓰고 싶어 했는데 잘됐네!
- 네. 뭐 일단은요.

성우는 내 모습이 무척 잘 어울리기도 하고 아주 안 어울리기도
한다고 했다.

- 옆에 카드 단말기와 장부가 있는 게 정말 안 어울려요.

한참을 두런두런하다가 성우는 일어나며 책을 한 권 건넸다.
지난번에 만났을 때 내가 빌려준 책이었다. 나는 좋아하는
사람들에게는 뭘 빌려주거나 빌리는 일을 잘한다. 굳이
그렇게 한다. 다음에 또 만날 수 있는 가장 확실한 구실이 되기
때문이다.

김연수 작가의 『소설가의 일』. 책을 펼쳐보니 내가 적어놓은
메모가 보인다.

2014. 12. 7

더 힘내자.
절망하지 않는 연습을 더 해보자.

그 밑에 성우의 메모가 덧붙어 있었다.

2014. 12. 27 밤 11시경

우린 '그럼에도 불구하고'의 삶을 살아야 한다.

원하는 것을 얻기 위해 모험을 떠나고

투쟁을 해도 우린 끝끝내 그것을

성취하지 못한다.

하지만 그럼에도 불구하고

그것에 다다르기 위한 여정을 통해

삶의 이유를 깨닫는다.

그렇기 때문에 소설은 존재해야 하고

예술은 존재해야 하고 나 또한 존재해야 한다.

실패 없는 세계는 없고

실수 없는 세계는 더더욱 없다.

심지어 이 책에도 오타가 있다.

성우는 가면서 또다른 책을 한 권 '빌려주고' 갔다.

수다

책방을 열고 얼마 되지 않았을 때의 일이다. 책방으로 꽃
배달이 왔었다. 내용은 가물가물하지만 참 다정한 편지가
있었다. 강남의 '수다'라는 꽃집에서 보낸 것이었다. 두번째 꽃
배달이 왔을 때, 그리고 페이스북으로 서로의 존재를 알았을
때 나는 수다의 주인장 은정 씨에게 매달 트레이드를 하자고
제안했다. 말하자면 나는 내가 고른 책을, 은정 씨는 은정 씨가
고른 꽃을 매달 교환하는 것이다. 은정 씨도 흔쾌히 수락했다.
지난 11월에는 아주 화려한 꽃을 받았고, 12월에는 크리스마스
장식으로 자주 쓰이는 하얀 나뭇가지와 한 줄기에 꽃이 네
송이나 핀다는 꽃(이름이 다 기억나지 않는다)을 받았다.
오늘 은정 씨가 1월의 꽃을 들고 찾아왔다. 목련 나뭇가지였다.
너무 아름다웠다.

　　　- 이거 물에 담가두면 꽃이 필 거예요. 잘 봐요.

그녀가 말했을 때 나는 덜컥 겁이 났다. 그 겁이 커서 실제로
말까지 해버렸다. 뭐가 겁나느냐고 묻길래 꽃이 피지 않을까봐

겁난다고 했다.

　　- 저는 다 죽이거든요.
　　- 어차피 죽어요! 얘네 다 죽는 애들이에요. 겁내지
　　마요!

그녀는 아무렇지도 않게 웃으며 말했다. 그 말에 왜 그렇게 속이
시원하고 안심이 되던지. 아직까지도 귀 곁에서 그 말이 울린다.
생각해보면 이런 날씨에 꽃들을 매일 곁에 두고 볼 수 있다는
게, 이런 미려한 것을 매달 고심해서 보내주는 사람이 있다는 게
얼마나 감사한 일인가.
감사하자. 열심히. 그리고 겁내지 말자. 어차피 우린 다
죽는 애들. 겁내지 말자. 수다로 보낼 1월의 책을 겁 없이
골라봐야겠다.

하루

⊕ 워크숍을 위해 더 넓은 공간이 필요하다. 테이블을 빼고
책장을 다시 짰다.

⊕ 2007년 홍대 앞 쌈지스페이스에서 나와 사진을 찍었던
손님이 오셔서 그때 찍은 사진을 보여주셨다. 9년 만의
재회였다.

⊕ 유희경 시인과 오은 시인이 놀러 왔다. 오은은 자기 책에
사인을 해두었다.

⊕ '루빈'의 깜짝 등장. 내가 좋아하는 오리온맥주를 들고 왔다.

⊕ 원서동 동네커피에 책을 배달하러 왔다. 온 김에 커피
한잔했다.

악력

나는 유난히 악력이 약하다. 가끔 이 점이 나를 무척 서럽게 할
때가 있다.

이를테면 내가 일산에 살 때 그랬다.

약 3년 살았던 일산에서의 생활은 내 인생에서 가장 떠올리고
싶지 않은 시절이었다. 그때는 매일(자주라는 말의 비유적
표현으로써의 매일이 아니라 정말로 매일) 맥주를 마시고 잠을
잤다. 어느 날엔가는 경제적이겠다 싶어서 캔 맥주 대신 맥주
피처를 사들고 집에 왔다. 뚜껑을 열려고 보니, 그게 꿈쩍도
하지 않았다. 고무장갑을 끼고 열어도, 수건으로 싸매고 열어도
소용없던 뚜껑. 넌 혼자야, 라고 말하던 뚜껑.

죽을힘을 다해도 열리지 않던 맥주 피처를 집어 던지면서 뭐가
서러웠는지 눈물을 줄줄 흘렸던 나.

던졌던 맥주 피처를 다시 멋쩍게 집어 들고 편의점에 캔 맥주로
바꾸러 걸어가던 밤길.

지금 생각하면 참 씁쓸하다. 그때의 나는 정말 여러모로 안된
사람이었다.

어쩐 일인지 쓰고 속상한 마음으로 눈을 뜬 아침이다.

마음이 쓰기 때문에 얼른 엄마가 가져다준 달콤한 꿀을

한 수저 퍼먹고 내 마음을 달게 만들어야겠다고 생각했다.

그런데 꿀단지 뚜껑이 또 안 열렸다. 고무장갑을 끼고 수건을

동원하면서 잠깐 일산 시절이 반사적으로 떠올랐다.

지금은 그때와 다르다. 난 혼자가 아니야.

나는 꿀단지를 품에 안고 책방에 출근했다.

'손님이 오면 열어달라고 부탁할 거야.'

첫 손님은 여자 분이었다. 나보다 더 힘이 없어 보였다.

그래도 혹시 모르니까.

　　　- 저기 혹시…… 손힘이 좀 세신가요?

　　　- 음…… 아뇨.

내 물음에 손님이 손사래를 쳤다. 잠시 후, 두번째 손님이

들어왔다. 역시 여자 분이었다.

　　　- 혹시, 손힘이 좀 세신가요?

7 8

내 물음에 그 손님은 조금도 망설이지 않고 "네!"라고
대답했다.

- 아, 잘됐다! 저, 그럼 이것 좀 열어주세요.

손님은 흡! 소리를 내면서 간단하게 뚜껑을 열어주셨다.
우리는 같이 꿀을 나눠먹고 기분이 좋아졌다.

아니, 이미 흡 소리를 들을 때부터 기분이 좋았다.

좋은 사람

1

날이 너무 추워 아침부터 경보 문자가 왔다.

오늘도 책방은 한가하겠구나, 출근길은 외려 담담하고

가뿐했다.

한동안 시간이 흘렀다.

드디어 문이 열리고 손님이 들어왔다. 군인이었다.

그는 등장하자마자 "오늘도 '무사'한 하루 되고

계십니까!"라고 외쳤다.

　　　 – 네…….

나는 조용히 고개를 숙여 답한 뒤 읽던 책으로 다시 눈을

돌렸다.

군인 손님은 심드렁한 내 반응에 머쓱한 듯 모자를 벗고

곧 이 책 저 책 구경을 하기 시작했다.

그는 코를 훌쩍거렸다.

연신 코를 훌쩍거렸다. 조용한 책방에 그의 훌쩍거리는 소리가

반복적으로 울렸다.

'그러고 보니 오늘 경보 문자가 올 만큼 추운 날이지.'

나는 조금씩 그에게 뭔가 미안해지기 시작했다.

'저 사람도 경보 문자를 받았겠지.'
'그런데도 이곳에 오겠다고 결심을 했겠지.'
'저 이상한 인사는 오면서 속으로 몇 번 연습을 한 것이겠지.'
'아마 자기가 그렇게 인사하면 내가 분명 깜짝 놀라며 까르르
웃을 거라고 생각했겠지.'
'난 왜 까르르 웃지 못했을까 그게 뭐 어려운 일이라고.'
'경보 문자를 받고도 이렇게 와주었는데 웃어주는 거 그거
하나를 못 하냐, 너는.'

그의 훌쩍거리는 소리가 만들어낸 상념들이다.
나는 벌떡 일어나서 그에게 말을 걸었다.

　　- 오…… 오시느라 많이 추우셨죠! 따뜻한 차 한 잔
　　드릴게요.

군인 손님은 반색하며 차를 받아 마셨다.

그는 그 뜨거운 차를 순식간에 다 마시고 빈 잔을 돌려주면서 무슨 차냐고 물어왔다. 사실 그동안 그 차를 마신 손님들은 모두 무슨 차냐고 물어왔다. 그 차는 정말 맛있기 때문이다. 나도 손님께 선물로 받은 차였기 때문에 정확히 무슨 차인지 모른다. 직접 덖으신 거라고 했는데, 너무 맛이 좋아서 아껴 먹고 있었다. 다 먹고 나면 어디서 구할 수 있는지도 알 수 없는 정체불명의 귀한 차인 것이다.

- 맛있으셨어요?
- 네! 너무 맛이 좋습니다!

나는 찻잎이 든 팩을 그에게 통째로 다 줘버렸다.

2

클로징 시간이 6시라고 늘 공지하지만 6시에 딱 맞춰 끝난 적은 거의 없다. 특히 책방을 마치고 약속이 있는 날은 귀신같이 6시가 다 되어 누군가 꼭 등장한다. 오늘도 마찬가지였다. 6시에 맞춰 찾아오신 손님이 나갈 때를 초조하게 기다렸다가 7시가 다 되어 서둘러 문을 닫고 돌아서는 찰나였다. 어느 여자 분이 내 뒤에 서 계셨다.

- 저, 제가 너무 늦게 왔죠.

그녀의 코가 빨갰다. 그래, 오늘 너무 추워서 경보 문자가
왔었다.

- 아니에요, 아니에요. 이렇게 추운 날 힘들게 오셨는데
그냥 가시면 안 되죠. 들어오세요.

나는 다시 가게를 오픈하듯 불을 켜고 난로도 다시 틀고 음악도
틀었다.
그분은 편하게 이것저것 보시고 내 사인도 받고 돌아가셨다.
다시 난로를 끄고 음악도 끄고 불도 끄고 문을 잠그면서 내
안에 에델바이스라도 피었나보다 싶었다. 추운 눈 속에서
핀다는 에델바이스가 경보 문자 날아오는 추운 날 내 마음속에
피었나. 그래서 내가 오늘 나답지 않게 이렇게 좋은 사람이
되었다고.

또다른 워크숍

해방촌에 있는 작은 서점 '별책부록'에서 흥미로운 워크숍을
한다는 것을 알았다.
위스키를 배우고, 맛보고, 글도 써보는 워크숍.
책방 문을 닫고 안국역까지 달려가서 맥도널드에 들어가
치즈버거를 급하게 먹었다(빈속에 술을 마시면 안 되지
않는가).
나는 독주를 잘 마시지 못하는 편이다. 은희경 작가님이 글을
쓰다가 위스키를 한 잔씩 마신다는 얘기를 들었을 때 그게
얼마나 근사해 보이던지. 나도 위스키를 즐길 줄 아는 사람이
되고 싶다.
워크숍에 약간 늦었다.
시인이자 바텐더로 근무하고 계시는 선생님으로부터 위스키를
어떻게 만드는지, 마시면 주로 어떤 향과 맛이 나는지 등등을
배우고 드디어 시음의 순간이 왔다.
어쩐지 남자의 스킨을 마시는 것 같은 기분. 가슴에서 알코올이
퍼지는 느낌도 맥주랑 다르다. 훨씬 치명적이다.
혹시 더 드실 분, 하고 선생님이 물어서 손을 들었다.

두 잔으로 얼떨떨해졌다. 말도 안 돼.

얼마간의 시간이 흐르고 선생님이 시도 좋고 산문도 좋으니 짧은 글을 한번 써보자고 제안했다. 나는 「우주라는 단어를 입에 올리는 일은 거창하다」라는 시를 썼다.

.

.

.

우주라는 단어를 입에 올리는 일은 거창하다

대견한 빈 잔

대견한 빈 잔은 언제나 같은 말을 한다

"좋았니?

좋았지?

잊지 마, 내일도 좋을 거야."

우주라는 말 대신

쇼난에 가다

책방에서는 언제나 쇼난 비치 FM을 틀어놓는다. 나는 이
방송을 몇 년 전부터 애청해왔다. 말하자면 스마트폰 덕택에
알게 된 인연이다. 디지털적인 인간이 아닌 나는 스마트폰이
출시되고 나서도 한동안 심드렁했었다. 그러다 혹해서 덥석
사게 된 것은 두 가지 애플리케이션 때문이었다. 모르는 노래를
찾아주는 애플리케이션과 전 세계 라디오를 들을 수 있는
애플리케이션이 그것이다.

그렇게 난생처음 만져보는 스마트폰으로 나는 전 세계
라디오를 들으며 삼매경에 빠졌고, 그때 발견한 방송이 이
방송이었다. 쇼난이 어디인지도 모르고 그저 나오는 음악들이
좋아서 매일 틀어놓고 살았다. 그 버릇이 이어져 책방에서도
틀어놓게 되었다.

보통날처럼 책방 문을 열던 어느 날, 갑자기 이런 생각이
들었다. 저 방송국에 견학을 가고 싶다고. 마침 몇 개월간
쉼 없이 달려온 나에게 의미 있는 선물을 해주고 싶었는데,

이것만큼 근사한 선물은 없는 것 같았다. 책방을 오래 비울 수는 없었으므로 딱 3일을 뺐다. 가는 날 - 견학하는 날 - 돌아오는 날. 일본에 간 김에 이것저것 보고 좀더 쉬고 올 수도 있었지만, 방송국 말고는 보고 싶은 것도 가고 싶은 곳도 없었다. 서둘러 숙소부터 예약했다. 에어비앤비_{airbnb}로 방송국에서 가장 가까운 숙소를 찾았다. 숙소 주인 톰에게 나의 방문 목적을 이야기했다. 그는 바로 그 동네에 살고 있으면서도 쇼난 비치 FM이라는 방송을 처음 듣는 것 같았다. 그는 내가 도착할 때까지 자신이 도울 수 있는 일을 최대한 찾아보겠다고 했다.

일본은 정말 오랜만에 가보는 것이었다. 이제는 어디를 가도 한글 표지판이 쉽게 눈에 띄었다. 엄청 겁먹은 것치고는 별일 없이 쇼난에 도착해 짐을 풀고 바로 톰을 만났다. 그는 친구들을 소개시켜주고 싶다며 같이 술을 한잔하자고 했다. 그렇게 따라간 술자리에는 그림을 그리는 료지, 독립출판물을 만드는 미네, 1인 헤어숍을 운영하는 ㅇㅇ, 그리고 자그마치 쇼난 비치 FM에서 일하는 분이 와 계셨다! 그날 밤은 천국 그 자체였다.

다음 날 아침부터 가이드를 자청한 미네 씨와 함께 쇼난 옆 가마쿠라를 잠깐 구경했다. 해변도로를 달리며 〈슬램

덩크〉에도 나왔던 기차 건널목을 구경하고, 맛있는 커피를
마시고, 대형 서점에서 책도 골랐다. 그리고 꿈에 그리던 쇼난
비치 FM 방송국을 찾아갔다. 내 아침과 밤을 함께해주던 진짜
내 친구의 집.

그날 밤은 왠지 전날 밤처럼 왁자지껄하게 보내고 싶지 않았다.
동네를 한 바퀴 돌아보았다. 전철역까지 걸어가 안에 있는 작은
서점에서 문을 닫을 때까지 이것저것을 구경했다. 슬렁슬렁
걸어오다 편의점에서 맥주를 사왔다. 몇 시간 전이 꿈만 같았다.

이제 나는 '알로-하'라고 인사하는 디제이의 얼굴을 알고,
노래를 트는 스튜디오를 안다. 손님이 없는 고요한 시간
눈을 감고 방송을 듣노라면 나는 어느새 쇼난에 있다. 아무리
생각해도 훌륭한 선물이었다.

돈보다도 그 아래에 숨어 있는 나약한

자신을 있는 그대로 직면하는 시간이었다.

나를 비난하지 말고 있는 그대로 받아들이고

안아줄 수 있어야 한다는 것을,

소비의 시작은 그렇게 이루어져야 한다는 것을

소장님의 이야기를 들으며 깨달았다.

이렇게 마음이 따뜻한 사람들이

무사의 바닥을 지근하게 밟고 지나갔다.

오래오래 따뜻할 것이다.

작은 변화

《노처녀에게 건네는 농》이라는 잡지가 있다. 1년에 두 번
발행되는 '노처녀 전용 잡지'다. 재미있는 제목이다. 입고
문의를 흔쾌히 수락하고 받자마자 읽어보았다.

듣기에 따라서 좀 껄렁하게 들리기도 하는(!) 제목과 다르게 참
내실 있는 책이었다. 특히 경제교육협동조합 '푸른살림' 박미정
소장의 인터뷰가 인상적이었다. 그녀는 다짜고짜 가계부를
쓰지 말라고 했다. 나는 깜짝 놀랐는데, 마침 가계부를 쓰려고
이것저것 시중에 나와 있는 가계부들을 뒤지고 있던 참이었다.
책방까지 운영하는 마당에 경제 개념을 해이한 상태로 가지고
있을 수 없다고 생각했다. 그래서 가장 먼저 가계부를 떠올렸다.
나뿐만 아니라 누구나 현명하게 가계를 꾸려가기 위한
첫걸음으로 떠올리는 것이 '가계부'일 것이다.
박미정 소장은 우리는 즐겁고 행복하기 위해 돈을 소비하는
것인데, 가계부는 우리를 행복하게 해주기보다는 죄책감과
불안감을 주기 쉽다고 말했다. 죄의식을 느끼고 불행해지려고
가계부를 쓸 수는 없다는 것이다. 그녀는 다른 방식으로 돈을

관리해야 한다고 주장했다. 더 행복할 수 있는 방법으로, 나답게 할 수 있는 방식으로. 그녀는 이기적으로 돈을 벌어서는 안 된다고 일침했다. 너무 박애주의적이라는 인터뷰어의 지적에 그녀의 대답은 다음과 같았다.

- 우리는 모두 '연결'되어 있다.

단적으로 홍대에 몰려온 젠트리피케이션 현상을 직접 목도해온 나는 '우리가 연결되어 있다'는 말이 얼마나 현실적인 문장인지 잘 알고 있다. 그 외에도 '연금, 보험 필요 없다' '노후 준비도 하지 마라' 등 상식을 뒤엎는 놀라운 주장을 하는 그녀의 인터뷰를 두어 번 정독한 후에 '깊은 감동을 받았다'는 짧은 평을 트위터에 남겼다. 그 평이 《노처녀에게 건네는 농》 편집장의 눈에 띄고, 박미정 소장의 귀에도 전달되면서 어느 순간 우리가 한자리에 모여 있는 기적이 일어나고 말았다.

나는 내 책방이 조금씩 작은 변화가 시작되는 공간이 되기를 바랐다. 나와 같은 '작지만 위대한' 꿈을 《노처녀에게 건네는 농》 편집장님도, 박미정 소장님도 마찬가지로 꾸고 있었다. 우리는 누가 먼저랄 것도 없이 '책방 무사'에서 워크숍을 열자고 의기투합했다.

그렇게 '책방 무사'의 첫번째 워크숍 〈돈맥경화 치료 간담회〉가
만들어졌다.

정체성 혼란

〈돈맥경화 치료 간담회〉 때문에 긴장이 된다.

사람들이 많이 신청해줄까. 어차피 책방의 공간 때문에 10명 이상은
힘들다. 그래도 신청자가 적어 쓸쓸하게 시작하는 것보다는 많이
신청해주어서 곤란한 쪽이 낫다. 수시로《노처녀에게 건네는
농》편집장님한테 신청자는 얼마나 되는지 물어보고 싶은데
어른스럽지 못한 모습을 보여주기 싫어서 참고 있다.

그날 음료는 뭘 대접하는 게 좋을지, 서로 알지 못하는 낯선
사람들이 하나둘 들어와 뻘쭘해할 그 시간 동안 내가 어떻게
그분들을 리드해야 할지, 걱정이 한두 개가 아니다. 어제는
인터넷으로 책방에 놓을 스툴을 찾는답시고 밤을 꼬박 새웠다. 옷
쇼핑을 하면서도 밤을 새운 적이 없었는데. 결국 고생이 무색하게
가장 무난하고 저렴한 플라스틱 의자로 골라버렸다.

요즈음의 내 스케줄들은 거의 책방 아니면 책과 관계되어 있다.
얼마 전 저녁에는 바다출판사와 미팅을 했다. 소설가 미야모토
테루의『금수』팟캐스트 광고 내레이션 때문이었다.

임경선 작가님은 나와 이야기하다보면 뮤지션이 아니고 출판계
사람과 이야기하는 기분이 든단다.

돈맥경화 치료 간담회

드디어 오늘 〈돈맥경화 치료 간담회〉 첫번째 워크숍을
진행했다.

돈 때문에 고통 받는 여성들을 위한 작은 자리. 10명 정도 되는
사람들이 둘러앉았다.

참석한 사람들은 각자 먹을 것을 조금씩 준비해왔고,
씨네21북스에서는 박미정 소장님의 책 『적정 소비 생활』을
선물로 준비해주셨다. 나는 그동안 갈고닦은 핸드드립 커피를
대접했고, 편집장님은 한 사람 한 사람 불편하지 않게 세심하게
신경써주셨다. 정말 따뜻하고 행복한 자리였다.

모두들 처음 만난 건데도 원래부터 알고 있던 사람들처럼
편안하게 마음을 여는 것이 보였다.

다들 각자의 고민을 허심탄회하게 털어놓았고, 우리는 모두의
이야기를 경청했다.

참석한 분들과 아쉽게 헤어지고 의기투합한 운영진들만 따로
남았다.

우리끼리 나름의 뒤풀이를 가졌다.

앞으로도 이 모임을 지속적으로 갖기로 했다. 다음에는 유부녀

모임, 그다음은 노총각 모임 하는 식으로 그룹을 나누어 각자의
돈 걱정을 함께 나누고 달래는 자리를 꾸준히 만들어나가기로.
사실 정작 돈 얘기는 그렇게 많이 꺼내지 않았다. 돈보다도
그 아래에 숨어 있는 나약한 자신을 있는 그대로 직면하는
시간이었다. 나를 비난하지 말고 있는 그대로 받아들이고
안아줄 수 있어야 한다는 것을, 소비의 시작은 그렇게
이루어져야 한다는 것을 소장님의 이야기를 들으며 깨달았다.
이렇게 마음이 따뜻한 사람들이 무사의 바닥을 지근하게 밟고
지나갔다.
오래오래 따뜻할 것이다.

아이보리화

책방에서 첫번째 워크숍을 하고 뒷풀이도 책방에서 하고, 남은
와인을 종수와 더 마시다가 완전히 맛탱이가 갔다. 다음 날
종수가 알려주기를 어제 내가 맛탱이가 간 채로 "이제 곡을
못 쓸 것 같아서 너무 힘들어"라고 했단다. 종수는 위로와
격려를 해주려고 머리를 깨끗이 백지화시키고 처음부터 다시
시작해보자고, 너는 또 좋은 곡을 쓸 수 있다고 말해주었단다.
그러자 나는 다음과 같이 성을 냈다고 한다.

　　　－ 난 백지 싫어. 백지는 쨍해. 나는 아이보리가 좋아.
　　　노란색이 조금 들어가야 한다고.

"그래, 그럼 머리를 백지화하지 말고 아이보리화하자"고 종수는
나를 어르고 달랬고 그러든가 말든가 나는 계속 백지가 싫고
아이보리가 좋다는 말만 계속했다고 한다.

오늘은 종수와 함께 밥을 먹는데 식당에서 '일기예보'의 노래가
나왔다.

'네가 좋아 너무 좋아 내 모든 걸 주고 싶어'

나는 가만 듣고 있다가 종수에게 "노래가 어쩜 이렇게 예쁘냐"
하고는 울어버렸다. 종수는 내게 "왜 우느냐"고 했고 나는
"이렇게 예쁜 노래를 만들지 못하는 사실이 너무 슬퍼서 운다"고
했다. 종수는 내가 실력이 안 되어서 노래를 못 만드는 게
아니라고 했다. 이렇게 예쁜 노래가 저절로 나올 수 있게
자기가 더 많이 사랑해주었어야 했는데 그렇게 하지 못해서
그렇다고, 자기가 더 잘하겠다고 했다.

가끔 종수는, 엄마 같다.

또 하루

⊕ 환기를 시키느라 문을 조금 열어두었는데 돼지(책방에 자주
오는 길고양이인데 주는 대로 잘 먹어서 이름이 돼지다)가
안을 가만히 들여다보다가 갔다. 다음부터는 문을 더 활짝
열어두어야겠다.

⊕ 커피 원두가 점점 다양해지면서 심심해서 슬슬 원두를
블렌딩하고 있는데, 오늘은 탄자니아와 브라질을 5:5로 섞어서
커피를 내려보았는데 향도 맛도 기괴했다. 이런 것을 나 혼자
마실 수 없어서 손님들에게도 드렸다. 우리는 한배를 탄 거라는
심정으로.

⊕ 돼지가 또 왔다.

⊕ '책방이곳' 사장님이 놀러 오셔서 선물로 송학 알타리무
씨앗을 주셨다.

⊕ 입춘 기념으로 원성회가 문에 '입춘대길立春大吉'을 써서

붙였다. 6시 46분에 붙여야 한다는 말을 듣고 퇴근이 6시인데
더 기다렸다가 딱 그 시간에 붙였다고 한다. 너무 귀엽다.

⊕ 입춘 기념으로 '길고양이 식당'을 열었다.

책방 주인

신수진(36, 책방 무사 주인, 뮤지션)

이렇게 소개되는 거 되게 좋다.

꽃무늬 바지

임경선 작가님과 벼룩시장을 할 때 언니에게 샀던 꽃무늬
바지를 오늘 개시했다. 이렇게 날이 좋고 꽃무늬 바지도
입었는데 꼼짝없이 책방에 앉아 '엉덩이'로 독서중이다.

어쩌다 tvN 〈비밀독서단〉에 나가게 되어서 (고정은 아니다)
그제까지 『정의란 무엇인가』를 클리어하고, 이제 『백년의
고독』과 씨름하는 중인데 앞으로 두 권을 더 읽어야 한다.
애초에 내가 독서를 즐기는 것은 게으르기 때문이라서 (눈알만
굴리면 된다) 책을 읽는 것에 고통은 없는데, 기한이 주어지니까
시험 공부하는 것 같고 속이 바짝바짝 탄다. 만화에서 정말
책밖에 모르는 안경 낀 어벙한 캐릭터가 길을 걸으면서도 책을
보고 밥을 먹으면서도 책을 읽는데 그게 과장이 아니고 내가
지금 그렇게 하고 있다.
꽃무늬 바지에게 미안하다.

비밀독서단

어제 〈비밀독서단〉을 녹화했다. 아침 11시부터 대기해서 녹화가
끝나자 자정이었다. 조승연 씨는 아침 7시부터 시작했다고
한다. 정말 육체적으로 기가 빨렸다(게다가 나는 긴장하면 밥을
못 먹는 탓에 온종일 아무것도 먹지 못했다). 밤이 찾아오자
스태프들이 익숙하게 핫식스를 돌렸다.

아무튼 육체적으로 참 힘들었지만, 개인적으로는 넘기 힘든 두
산(『정의란 무엇인가』, 『백년의 고독』)을 넘었다는 뿌듯함이
있었다. 워낙 책을 읽고 함께 대화하는 것을 좋아하다보니
정말 재미있게 녹화했다. 책방에서도 독서 모임을 진행하고
싶은 생각이 굴뚝같지만, 정말 잘 맞는 사람이 아니면 시너지가
나올 수 없기에 계속 조심스럽다. 아무튼 어제 녹화가 끝나고
대기실에서 기다리던 매니저에게 "휴- 이제 끝났어. 허리
아파 죽겠어"라고 하자 그녀 왈 "근데 언니 표정이 달라. 너무
초롱초롱해"라고 했다. 정말 좋았으니까(근데 말을 시키지
않으면 말을 잘 못하는 성격 때문에 말을 많이 하지 못해서
아쉽다. 왜 난 과묵한가요? 과묵하지도 않으면서).

집에 돌아와 정말 녹초가 되어서 허기고 뭐고 냅다 씻고 자리에
누웠지만, 너무 피로함에서 오는, 그리고 아직 풀리지 않은 각성
상태로 인해 계속 잠을 이루지 못하다가 결국 수면제를 먹고
잤다.

아무튼 힘든 고비를 넘겼다. 이제 책방에 들어온 신간들을 또
서둘러 읽고, 주말에 있을 공연 준비를 해야겠다.

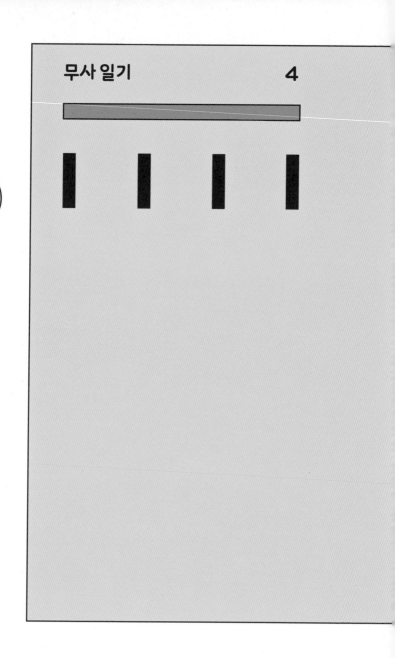

무사 일기

4

무사 일기

4

무사 일기

4

무사 일기

4

무사 일기

4

무사 일기

4

무사 일기

4

무사 일기

4

무사 일기

4

무사 일기

4

희정 언니는 대뜸 잘 다니던 직장을 그만두고

프라하로 떠났다. 자기가 37년간 직조한

그 짱짱한 일상을 무슨 레고 블록 부수듯이

거침없이 부쉈다. 얼마든지 다시 쌓으면 된다는 듯이.

보는 내가 얼마나 통쾌하고 신이 나던지.

나는 언니의 거친 압박에 못 이겨 1년 만에

프라하에 왔다. 일상은 대체로 살수록 질겨진다.

그 질기고 촘촘한 일상에서 틈을 발견하는 게

녹록지 않다. 내 일상은 하루하루 슬프게 튼튼해진다.

'울었다'와 '울 뻔했다' 그 사이

대부분의 사람들은 자신이 읽은 것에 대해 말이 없다. 책을
읽은 즐거움을, 우리는 누구에게도 드러내고 싶지 않은
자신만의 느낌으로 간직하고자 한다. 그것은 책에서 그다지
화젯거리가 될 만한 내용을 찾지 못해서일 수도 있지만,
자신의 느낌을 발설하기 전에 시간을 두고 설익은 생각을
가다듬으며 농익도록 뜸을 들이느라 그럴 수도 있다. 그런
순간의 침묵은 우리 내면의 풍경을 드러낸다. (중략) 책을
읽었으되 우리는 말이 없다. 책을 읽었기 때문에 말이 없는
것이다. 설사 생각지도 못한 감시병이 튀어나와 "어때?
재미있어? 이해가 되니? 뭘 느꼈는지 얘기해봐!"라고 심문을
일삼는다 한들 우리에게서 답변을 끌어낼 수는 없을 것이다.

— 다니엘 페나크, 『소설처럼』 중에서

저는 2015년 가을 즈음부터 서울 종로구 북촌에서 작은 서점을
운영하고 있습니다. 서점 주인의 중요한 역할은 사람들에게
좋은 책들을 추천하는 일일 것입니다. 그러나 앞서 인용했던
글에서처럼 책을 다 읽고 나서 뭐라 표현할 길이 없는 감동에 할

말을 잃었던 적이 참 많았습니다. 그렇게 저를 막막하게 했던
많은 책들 가운데 최근에 읽은 두 권을 오늘 소개하고자 합니다.
두 권 다 동화책입니다.

첫번째 책은 오나리 유코의 『행복한 질문』입니다. 서로 무척
사랑하는 커플이 나누는 질문과 답변이 전부인 책입니다.
저는 이 책을 읽고 울었습니다. 울면서도 참 신기했습니다.
'이상하다. 나는 이렇게 감상적인 사람이 아닌데.' 신기해서
친구에게 이 책을 읽혀보았습니다. 친구도 울더군요. 그러고는
똑같이 "이상하다, 나는 이런 내용에 우는 사람이 아닌데" 하고
말하는 것이었어요. 정말 신기했습니다. 이 책을 소개하면서
저는 이렇게 말할 수밖에 없었습니다.

　　　- 이 책을 읽고 저는 울었습니다. 제 친구도 울었습니다.

두번째 책은 정미진 글, 구자선 그림의 『휴게소』라는 책입니다.
애완동물들이 긴 여행을 떠나기 전에 들르는 휴게소에서
일어나는 일을 얘기하고 있습니다. 가벼운 마음으로 읽다가
끝부분에서 코끝이 찡해져 오더군요. 그러고는 이 책을 어떻게
소개해야 할지 고민되었습니다. 결국 저는 이 책의 소개를
다음과 같이 했습니다.

– 이 책을 읽고 저는 울 뻔했습니다.

혹시 몰라 이 책을 읽은 사람들의 소감을 찾아보았습니다.
그랬더니 구체적인 언급 없이 '울 뻔했다'는 반응이
대부분이었습니다.

아마 그 어디에서도 이런 책 소개는 읽은 적이 없으셨을 겁니다.
'울었다' '울 뻔했다' 이게 소개의 전부라니⋯⋯ 제가 쓰면서도
참 무책임해 보입니다. 그런데 이 두 책을 이렇게 엮어본 것은
'울었다'와 '울 뻔했다' 사이가, 그 찰나가 이토록 분명하게
나뉘는 경험이 저에게는 아주 흥미로웠기 때문이었습니다. 책을
팔면서 만난 사람들은 대부분 『행복한 질문』을 읽고 '울었고',
『휴게소』를 읽고는 '울 뻔했'답니다.

자, 이 요상한 임상 실험이 내키신다면 동참해주시지
않겠습니까. 예외도 생기고 변수도 생기면서 이 작은 임상
실험이 조금씩 풍성해지는 것을 보고 싶네요.

하루하루

⊕ 길고양이 밥그릇이 사라졌다.

⊕ 춘천의 어느 골목에서 사온 강냉이를 일회용 커피 컵에
조금씩 담아서 손님들에게 나누어 드렸다. 강냉이 냄새가 좋다.

⊕ 종수가 CCTV를 설치했다.

⊕ 아침에 산책하다가 '자란'이라는 화분을 샀다.

⊕ 배우 임수정 씨가 놀러 왔다.

⊕ 대학로 마로니에 공원에서 행사를 했다. '특색 있는
6개 책방 주인과 함께 나누는 책, 그리고 인문 이야기'라는
행사였다. 이상한 나라의 헌책방, 책방 무사, 책방 피노키오,
스토리지북앤필름, 유어마인드, 청색종이가 함께했다.

⊕ 이제니 시인이 만들어준 토깽이 인형을 부적처럼 책방

어딘가의 구멍에 끼워놓았다.

⊕ 책방 퇴근 후 바로 '우주히피'의 게스트로 홍대로 달려갔다.
〈이페메라〉와 〈불륜〉을 불렀다.

⊕ 어떤 손님이 고양이 밥을 주고 가셨다.

몰래 사랑하기

책방 앞에 두었던 길고양이 밥그릇이 두번째로 없어졌다.
처음 없어졌을 때에도 어떤 의도를 읽긴 했는데, 이번에
분명해졌다. 누군가 내가 길고양이들에게 밥 주는 것을 탐탁지
않아 하고 있다.

그러고 나서 얼마 뒤에 근처 가게 주인장이 놀러 와서
원성희에게 이런 말을 했다고 한다. 집주인 때문에
길고양이들한테 밥을 줄 수 없게 되었다고, 책방 앞을 지나다가
밥그릇을 보고 너무나 반갑고 고마웠다고, 앞으로도 계속 밥을
주면 안 되겠느냐고, 사료는 자기도 제공하겠다고.

그 말을 들으면서 나는 어떤 슬픈 예감을 했고 역시 그 예감은
틀리지 않았다.

동네 주민의 항의가 시작된 것이었다. 자꾸 여기서 밥을 주니까
자기 집 옥상이 똥밭이 되고 있다고.

아니 그 똥 치우는 것이 그렇게 힘든 일인가 하는 생각이 번뜩
들었지만, 바로 그 생각을 지웠다. 누군가에게는 길고양이에게
밥을 주는 일이 정말 이해하기 힘든 일일 수 있고, 매일 똥밭이
된 옥상을 치우는 일도 충분히 고통스러울 수도 있다. 강동구

길고양이들의 황태자 강풀 오라버니에게 문자를 보냈다.

- 어떻게 하면 좋을까 오라버니. 동네 사람들과 싸우는 방법
말고 좋게 좋게 해결하고 싶어.
- 음…… 내가 쓰는 방법인데 바보 같지만 효과는 좀 있거든.
써볼래?
- 뭔데.
- 다음에 또 걸려서 이웃이 뭐라고 하면 "애들이 너무 배고파
보여서 그만 호호호호" 하고 바보처럼 웃어. 이때 꼭 머리를
긁적여야 해.
- ……

도저히 바보 흉내는 내지 못할 것 같아서 주차된 차의 뒤쪽에
몰래 밥그릇 없이 사료를 조금 부어놓고 퇴근하고 있다. 다행히
다음 날 와보면 그 자리는 예쁘게도 깨끗하다.

프라하

희정 언니는 대뜸 잘 다니던 직장을 그만두고 프라하로 떠났다. 그 중대 발표를 광화문의 어느 카페에서 했다. 그때 나는 원인 모를 두통 때문에 살이 많이 빠지고 지쳐 있었다. 일상은 질겨진다. 살수록 그렇다. 그런데 언니는 자기가 37년간 직조한 그 쨍쨍한 일상을 무슨 레고 블록 부수듯이 거침없이 부쉈다. 얼마든지 다시 쌓으면 된다는 듯이. 보는 내가 얼마나 통쾌하고 신이 나던지. 잠시였지만 두통도 잊고 열성적으로 응원했다.

   - 그래, 잘했어, 잘 가, 너무 근사해, 멋있어!

그게 1년 전이다. 언니는 부모님의 거친 압박(귀국해라, 결혼해라)을 유연하게 무시하면서 연어처럼 잘 지내고 있었다. 그리고 나는 언니의 거친 압박(프라하에 놀러 와라, 내가 있을 때 와라)에 못 이겨 1년 만에 프라하에 왔다. 호시탐탐 기회만을 노렸는데 1년 만에 갈 수 있었다. 다시 한 번 말하지만 일상은 대체로 살수록 질겨진다. 그 질기고 촘촘한 일상에서 틈을 발견하는 게 녹록지 않다. 내 일상은 하루하루 슬프게 튼튼해진다. 나는 오면서 언니가 부탁한 책을 들고 왔다.
말하자면 '배달'이다.

언니는 프라하에서 팁 투어 일을 하고 있다. 여행객에게
프라하의 여러 관광 명소들을 좀더 심도 있게 설명해주는 의미
있는 일이다. 여행을 온 김에 언니의 투어에 따라나섰다. 비가
추적추적 내리는 루돌피눔Rudolfinum, 1884년에 완공된 체코
프라하에 있는 신르네상스 양식의 극장 앞에서 시작한 언니의
가이드는 정말 감동 그 자체였다. 프라하에서의 완전히 다른 또
하나의 일상을 언니는 1년 만에 근사하게 구축해놓았다.

'가이드' 그 자체도 감동이었다. 그 감동을 전부 말하기에는
허락된 지면이 짧고, 그중에 체코의 자랑스러운 작가 프란츠
카프카를 더 잘 알게 된 것만 밝혀둔다. 우리는 쉬는 날 프란츠
카프카 뮤지엄에도 들렀다. 기념품 매장에서 카프카의 모습이
그려진 수첩을 샀다. 여기에 가사를 쓰면 명곡이 나올 것 같다고
나는 말했다. 프란츠 카프카 뮤지엄 근처 서점에서도 오랜
시간을 보냈다. 새 책과 헌책들이 사이좋게 어우러진 모습을
보고 있으니 북촌의 내 책방이 사무치게 눈에 밟혔다. 몇 권의
책을 샀다. 1957년 11월 스푸트니크 2호에 실려 발사된 최초의
우주 비행에 성공한 개 '라이카'에 대한 그래픽노블, 체코어로

번역된 『어린 왕자』, 실비아 플라스의 드로잉 북.

나는 아직 프라하에 머물고 있다. 미원이 들어 있는 것은
아닌지 물어봤을 만큼 감칠맛이 도는 맥주의 맛(심지어 가격도
저렴하다), 하나같이 신선한 (그리고 역시 저렴한) 식재료들,
역사가 살아 있는 건물들, 자연스러운 친절함이 몸에 밴 프라하
사람들의 얼굴에서 마음을 떼지 못하고 있다.

나는 며칠 뒤 또 한 번의 책 배달을 위해 다른 나라로 떠난다.
아직 내 책방은 직원 1호와 2호 덕분에 '무사'하다.

+ 언니는 결국 프라하에서 운명의 상대를 만나 2018년에 결혼했다.

바르셀로나

프라하에 오게 되었습니다. 1년 전 잘 다니던 직장을 그만두고
프라하로 떠났던 용감한 친구를 만나기 위해서입니다. 친구는
프라하에서 씩씩하게 가이드를 하고 있습니다.

예전에 친구가 제 공연을 보고 나서는 "내가 노래할 것도
아닌데 무대에 등장하는 널 보면서 왜 그렇게 떨었는지
모르겠다"고 말하던 것이 기억났습니다. 루돌피눔 앞에서
마이크를 차고 사람들 앞에 선 친구를 보는데 그때 친구의
마음이 이랬겠구나 싶었습니다. 괜히 대견하고, 보는 내가
긴장되고, 행여나 실수는 하지 않을까 노심초사하게 되고.

아마도 프라하를 저 혼자 돌아다녔다면 맥주의 진가에
대해서만 알았을 것 같습니다. 그러나 친구의 훌륭한 가이드
덕에 저는 많은 것들을 알 수 있었습니다. 바츨라프 하벨Vaclav
Havel이라는 위대한 대통령과 카를 4세라는 훌륭한 왕, '프라하의
봄'과 '벨벳 혁명'이라는 프라하의 중요한 역사적 사건, 뜨거운
평화의 낙서가 가득했던 존 레논 벽, 그리고 밀란 쿤데라와

프란츠 카프카.

프라하에 머문 지 일주일이 지날 무렵, 친구는 여기까지
와서 유럽의 다른 나라를 가지 않을 수 없다며 저를 억지로
바르셀로나로 떠밀었습니다. 저는 친구에게 떠밀리며 그녀의
서재에서 급하게 카프카의 『변신』을 꺼내들고 왔습니다.

> 거기서 온밤을 머무르며, 그는 선잠에 잠겼다가 배가 고파
> 자꾸자꾸 놀라 깨면서, 또 그러면서도 근심과 불분명한 희망에
> 잠기기도 하며 보냈다.
>
> ― 프란츠 카프카 『변신』 중에서

바르셀로나에서는 그저 제 방식대로의 여행이었습니다.
주변을 그저 잠시 어슬렁거리다가 되는대로 간단히 식사를
해결하고, 해가 지면 숙소로 돌아와 잠이 올 때까지 책을
보다가 '거기서 온밤을 머무르며 선잠에 잠겼다가 배가 고파
자꾸자꾸 놀라 깨면서, 또 그러면서도 근심과 불분명한 희망에
잠기는' 생활이었습니다. 아주 오래전에 읽은 기억만 있는
『변신』을 다시 읽으며 저는 하루아침에 흉측한 벌레로 변해버린
그레고르 잠자Gregor Samsa에게 아주 많이 감정이입이 되었습니다.
아마도 프라하에서 카프카를 더 깊이 알게 된 까닭도 있을

것이고, 혼자 타지에서 읽는 슬픈 이야기라서 그랬을 것입니다.
마지막 장을 덮고 나서는 좀처럼 잠을 이루기가 힘이 들
정도였습니다.

침대 하나가 전부인 좁은 방에서 괴롭게 뒤척이다가 저는
감사하게도 또 하나의 이야기를 간신히 떠올릴 수 있었습니다.
그것은 무라카미 하루키의 소설 『여자 없는 남자들』에 수록된
단편 「사랑하는 잠자」였습니다. 카프카의 『변신』에 바치는
따뜻한 오마주. 저는 서둘러 이불을 박차고 일어나 전자책을
뒤졌습니다만, 무라카미 하루키의 책들은 전자책으로 한 권도
나와 있지 않았습니다. 괴롭고 답답한 새벽이었습니다. 결국
저는 한국의 친구에게 근처 서점에서 무라카미 하루키의 『여자
없는 남자들』을 사서 「사랑하는 잠자」라는 소설만 한 장 한
장 스마트폰으로 찍어서 메일로 빨리 보내달라는 메시지를
보내기에 이르렀습니다.

아침부터 이렇게 고약한 부탁을 하는 친구는 처음이라는
구박을 흠씬 받았습니다만…… 결국 저는 「사랑하는 잠자」를
읽는 데 성공했습니다. 이유도 모른 채 벌레로 변신해 가족의
외면 속에서 비참한 최후를 맞아야 했던 그레고르 잠자는
무라카미 하루키 덕에 다시 그레고르 잠자로 변신하여

곱사등이 열쇠수리공에게 사랑을 느끼고, 저도 비로소 편안하게
잠이 들 수 있었습니다.

오늘은 아무것으로도 변신하지 않은 '신수진' 그대로의
모습으로 느지막이 일어난 바르셀로나에서의 마지막 날.
고마운 친구를 위해 선물을 준비하는 하루로 보내야겠습니다.

EDITH와 NACHO를 위하여

이스탄불 공항에 있는 어느 레스토랑이다. 집으로 돌아가는
중 터키를 경유하게 되어 다섯 시간의 짬이 생겨 이 글을 쓰고
있다. 나는 2주 전 프라하에, 1주 전에는 파리에 있었는데,
그저께까지는 바르셀로나에 있었다.

바르셀로나에 가게 된 것은 순전히 타의에 의해서였다.
프라하에 살고 있는 희정 언니가 이렇게 유럽 대륙까지 힘들게
날아와서 한곳에만 머물 수 없다고 나를 거의 내쫓다시피
바르셀로나로 보내버렸다. 아무 계획도 없이 언니의 책장에서
카프카의 책을 들고 찾은 바르셀로나에서 나는 마침 보내야
하는 원고가 몇 개 있어서 그냥 느긋하게 원고나 쓰다가
돌아와야겠다고 생각했었다.

카탈루냐 광장Plaça de Catalunya에서 숙소를 찾아 걸어오면서
이곳에서 원고만 쓰기에는 날씨가 너무 아깝다는 생각이
드는 찰나, 해방촌의 M('스토리지북앤필름'의 마 사장)에게
메시지가 왔다.

- JAJAJA 요조 씨, 지금 바르셀로나라면서요.

나 거기에 친구 있어요. 소개시켜줄게요.

JAJAJA!(스페인어로 '하하하'가 JAJAJA였다.

한국에서도 말끝마다 너털웃음을 짓던 마 사장은

이토록 한결같다).

그렇게 소개받은 두 친구는 나초Nacho와 에디뜨Edith였다. 매일

나와 연락을 주고받을 때마다 내가 늘 아무 계획이 없다는

것을 알게 된 두 사람은 알아서 나를 여기저기로 이끌어주었다.

그래서 나는 약 5일 동안 두 사람이 일할 때는 원고를 쓰거나

서점을 돌아다니고, 두 사람이 쉴 때는 그들이 이끄는 대로

바르셀로나의 이곳저곳을 돌아다녔다.

프라하에서도, 그리고 파리에서도 느꼈지만 말이 통하지 않고

글이 통하지 않는 외국의 서점을 둘러보는 것은 고통스러운

데가 있다. 수박 겉핥는 느낌 때문이다. 화려하면 화려한 대로

심플하면 심플한 대로 책 표지들은 하나같이 매력이 넘쳤지만,

그 속은 영 내가 알기 힘든 세상이었던 것이다. 그 답답함이

바르셀로나에서는 극에 달했다.

그래서 나를 위해 자신들의 시간을 쪼개어준 고마운 두 사람,

나초와 에디뜨에게 책을 선물해주기로 마음먹었다. 그렇게라도

책을 사고 싶었던, 순전히 이기심에서 발로한 선의였다.
스피노자와 한병철 교수의 책을 골랐다.

　　－ 매일 서점에 가서 내가 읽을 수 없는 책들을 보다가
　　오는 일이 답답했어요. 그러다 오늘 두 사람을 생각하며
　　책을 골랐습니다. 마치 내가 읽을 것처럼. 그냥 겉표지만
　　보고 마음에 들어서 샀는데 무슨 내용인지는 나도
　　몰라요. 그러나 꼭 다 읽어주세요.

그날 저녁 나초와 에디뜨를 데리고 한국식당에 데려가 한국
음식을 대접하면서 더듬더듬 영어로 내 마음을 말했다.
두 사람은 고맙게도 정말 기뻐해주었다.

아이러니하지만 나는 이렇게 우리가 대화가 잘 통하지 않는
상황에서 친구가 된 것이 너무 기뻤다. 맛있어요, 오늘 기분
어때요, 좋아요, 매워요, 괜찮아요, 고마워요…… 한 마디
한 마디 신중하게, 알아들을 수 있게, 더듬더듬 마치 개미처럼
머리를 가까이 대고, 눈을 마주보며 입모양을 보며 대화하는
것이 좋았다.
올해 십여 년의 연인 관계를 청산하고 결혼식을 올릴
계획이라는 두 사람을 위해 다시 바르셀로나에 오고 싶다. 올

수 있을까. 그때에도 나는 책을 선물하고 싶다. 무슨 책을 들고

오면 좋을까.

가드너스 마켓

대림미술관에서 진행하는 가드너스 마켓에 참여했다.
자연과 생태, 꽃과 나무에 관한 다양한 서적을 준비했다.

하루키 효과

1 하루키를 좋아한다고 진지하게 생각해본 적은 없는데 신간이 나오면 아무튼 득달같이 들이는 것을 보면, 그리고 그것이 결코 판매량을 의식해서 하는 행동이 아닌 것을 보면 나도 하루키에게 참 충실하다. 아니 뭔가 그에게 사로잡혀 있다. 그건 다음과 같은 나의 사고로써 증명할 수 있다.

2 책을 읽다보면 글을 쓸 시간이 없고, 글을 쓰다보면 책을 읽을 시간이 부족하다. 책을 읽다가 불현듯 갑자기 곡이 쓰고 싶다거나 뭔가를 쓰고 싶다는 욕구가 생기지만 그걸 그냥 꾹 참고 책을 읽을, 아니 읽어야 할 때가 많다. 책방을 하고 나서 이런 상황이 빈번하게 일어나고, 나는 뭔가 불만이 축적이 되어 가는데 그런 내가 나에게 하는 말.

3 야! 하루키도 재즈 바 하면서 소설을 썼는데! 너는 책방 하면서 왜 아무것도 못하고 있어?

4 그래서 이제 페북을 열심히 할 것이다(뜬금포).

정말 오랜만에 이 거리 위에 서 있는 나는

굉장히 쭈뼛거리며 걸었다. 이 거리를 휘감고 있는

기분 좋은 퇴폐감의 리듬을 나는 영 따라 맞추지

못했다. 책방을 하면서 어딜 가도 이렇게

쭈뼛거리는 나를 발견한다. 말로 설명할 수

없지만 책방을 시작하면서 나는 아주 순식간에

딱딱해진 것 같다. 행복하지 않은 것은 아니지만

정말 이제 나는 옛날의 나와 너무나

달라져버렸다는 것을 느낀다.

또 하루하루

⊕ '책방 무사' 배지를 만들었다.

⊕ '시인의 의자'를 이제야 완성했다. 책방을 오픈할 때부터 김소연 시인이 약속한 것이었다. 김 시인의 메시지를 의자 위 벽에 붙였다.

⊕ '책방 무사'가 일본의 잡지에 소개된 것을 보고 일본 손님이 찾아왔다.

⊕ 배지 뽑기 기계를 이승원 님께서 기증하셨다. 아이들이 그 기계에게 편지를 썼다.

⊕ 종수가 내가 키우다 죽인 식물들을 비워내고 빈 화분을 들고 가서 새로운 식물들을 데려왔다. 또 곧 내 손에 죄 없이 죽을 것이다.

⊕ 배지 뽑기 기계가 죽었다. 종수가 많이 노력했다. 결국 새

기계를 들여왔다.

⊕ 〈김제동의 톡투유 – 걱정 말아요 그대〉의 선희 피디님이
놀러 왔다. 배지 뽑기에 성공하고 냉장고에 세계 맥주를
채워놓았다.

⊕ 배지 뽑기는 한 판에 100원인데, 책방에 자주 오는 단골
꼬맹이 두 명이 와서 500원을 내고 두 판씩 하고 나면 나머지
한 판이 굉장히 곤란해지곤 한다. 아무거나 그림 하나 그려주면
한 판 공짜로 하게 해준다고 했더니 바닥에 자리를 깔고 앉아
그림을 그리고 있다.

⊕ 광주의 서점을 탐방했다.

⊕ '어린이날' 기념으로 무료 배지 뽑기 이벤트를 열었다.

⊕ 내가 만든 정체불명의 음료를 할머니들에게 드렸는데
'맛있다'고 인정받았다.

⊕ 경기도 안산의 헌책방들은 일요일에 다 쉬나보다. 훌륭하다.

이심전심

이제는 책방 주인으로 행사에 초대받는 일이 종종 생긴다.
아직도 낯설고 부끄럽지만 기분은 좋다. 언제나 양손에 악기를
들고 어디론가 움직였지만 책방 주인으로서의 양손은 굉장히
홀가분하다. 별것 아닐 수 있지만 이 홀가분함에 적응하는
시간이 필요했다. 처음에는 지갑이나 핸드폰을 집에 두고
나왔을 때와 비슷한 기분이 들었다.

오늘은 인천시 도서관발전진흥원이 '도서 기증 활성화 사업'의
일환으로 개최한 〈책, 피어라 콘서트〉에 초대되어 다녀왔다.
명색이 '콘서트'인데 나는 '책방 무사'의 대표로 참석하는
것이다. 역시 어색한 기분. 도착하여 무대를 바라보니 무대
옆에 걸린 현수막에 요조라는 이름 대신에 '책방 무사 대표
신수진'이라고 적혀 있다. 나 외에도 '그림책 공작소'라는 1인
출판사를 운영하는 민찬기 대표님, 『책빛숲, 아벨서점과 배다리
헌책방거리』의 저자인 최종규 작가님이 오셨다. 모두 처음
뵙는 분들이었다. 어려운 상황에서도 꿋꿋하게 소신을 지키며
그림책 출판을 고수하시는 민찬기 대표님의 멋진 고집, 그리고

'콘서트'니까 노래도 있어야 하고 춤도 있어야 한다며 뜬금없이
노래를 부르고 시를 짓고 춤도 추셨던 아이 같았던 최종규
작가님, 그리고 아직 풋내기인 나.

출판사를 운영하는 일, 작가로서 책을 쓰는 일, 그리고 그 책을
판매하는 일. 모두 책이 좋아서 뛰어들었으면서도 우리 셋의
이야기는 점점 우울한 빛을 띠었다. 민 대표님은 당신의 집이
점점 은행의 소유가 되고 있다고 말씀하셨고, 나는 매달 말이면
책방의 한 달 매출 정산을 하곤 했는데 보나마나 결과가 뻔할
걸 알기에 이제는 속 편하게 정산을 하지 않는다고 말했다. 책방
주인들끼리 만나도 같은 흐름을 탄다. 예외가 없다. 징징이들이
되고 만다.

안타까운 일이지만 사실은, 솔직히는, 그래도 다행이라는
생각이 더 크다. 아마도 이런 이야기를 다른 사람들에게 한다면
짐작컨대 다음과 같은 피드백을 받을 것이다.

　　- 그래도 너는 좋아하는 일을 하잖아.
　　- 돈 버는 데 쉬운 일이 어디 있어.
　　- 다들 힘들게 살아.

그러나 적어도 이심전심이 되는 우리 사이에서라면 얼마든지
신세 한탄을 맘껏 할 수 있으니, 그래서 더욱 마음 편하게
힘들어하는 걸지도 모른다.

행사를 마치고 "수고하셨습니다"라고 인사하는 민찬기
대표님과 최종규 작가님의 얼굴에서 익숙한 것이 보였다.
나와 같이 틈나는 대로 한숨 쉬는 서점 주인들의 얼굴에서도
보이던 그것. 힘들어요, 힘들어요, 하는 그 어두운 얼굴 틈에서
작게 빛나는 '단호한 행복'의 빛. 만날 때마다 걱정하고
염려하다가도 헤어질 때는 안심하게 하는 그 빛.
나는 "같이 사진 찍어요"라고 말했다. 우리 세 사람의 '단호한
행복'의 빛을 기록해두었다.

하루하루하루

⊕ 정말 덥다.

⊕ 스토리지북앤필름에서 벼룩시장을 열었다. '책방 주인들이
가지고 있는 물건들은 무엇이 있을까'를 콘셉트로 기획한
벼룩시장이었다. 준식이 아이스크림 케이크를 사왔는데 너무
귀여워서 결국 먹지 못했다.

⊕ 어떤 할아버지 손님이 오셨다. 무슨 공포가 있어서 비행기도
지하철도 타지 못하고 날이 좋을 때 버스를 타고 시내로
나오신다는 할아버지는 그동안 나를 만나기 위해 몇 번 책방을
방문하셨다고 했다. 잘 익은 체리를 사오셔서 손님들과 같이
나누어 먹으며 많은 애기를 나누었다. 곧 체리가 제철이라고
한다.

⊕ 종수가 내가 좋아하는 〈주토피아〉의 닉 인형을 구해왔다.
빙봉 옆에 두었다.

⊕ 부산 오겡키카레 타케짱이 선물과 카드를 책방으로
보내주었다. 선물은 오겡키카레에서 만든 기타 피크!

⊕ '시인의 의자'가 업데이트되었다. 정년의 이야기.

중국풍, 한국풍

북촌과 제주, 중국 사람들로 늘 북적이는 동네에서 지내며
느끼는 것은 점점 중국 사람과 한국 사람을 분간하는 것이
어려워진다는 것이다. 옛날에는 한눈에 한-중-일 출신을
구분할 수 있었다. 외국에 나가도 동양인을 보면 한 번에 어느
나라 사람인지 감이 왔다.

그런데 지금은 중국풍과 한국풍의 경계가 적어도 내가
보기에는 점점 희미해지고 있다. 특히 젊은 층에서 그렇다.
책방에 있을 때도 영락없는 한국풍의 사람들이 들어와서 "어서
오세요" 하고 인사를 하고 나중에 계산할 때 보니 중국인이었던
경우가 정말 많았다.

제주에서도 마트에서 장을 보고 있으면 당연히 한국
사람이라고 생각했던 사람들이 막 중국말을 하면서 스쳐
지나간다.

나의 쓸모

융 드립을 시작했다. 책방에서 내가 내린 커피가 맛이 없다고
징징대자 종수가 제주에서 바로 융 드리퍼를 주문해주었다.
훨씬 맛이 좋아질 거라고 했다.

그러나 별로 큰 기대를 하지는 않는다. 나는 뭐든 내가 해서
먹는 것은 별로다. 못 먹어줄 정도까지는 아니지만 (가끔 그런
날도 있다) 먹는 게 영 신이 나지 않는다고 할까. 라면도 내가
끓인 것보다 다른 사람이 끓여주는 게 맛있고, 요리도 공들여
한껏 하고 나서 본격적으로 먹어봐야지 하면 그땐 이미 식욕이
한풀 꺾인 상태일 때가 많다.

커피도 마찬가지로 필터의 문제라기보다는 그냥 내 스스로가
내린 거라서 나에게 시큰둥한 느낌인 것이 아닐까 하고
생각하고 있다.

그런데 이것은 왜 그런 걸까?
왜 내가 만든 것은 나에게 별로일까?
'다 알기 때문에'라고 생각한 적도 있었다. 어떻게 만들어지는지
내가 일일이 봐버렸기 때문에 그만큼 완성된 음식을 먹는 일에

기대치가 낮아지는 게 아닐까?

확실히 내가 김치찌개에 돼지고기가 있었으면 해서 돼지고기를 다듬거나, 오징어볶음이 먹고 싶어서 오징어 내장을 정리하고 있으면, 약간 비위가 상하면서 그때부터 식욕 감퇴가 진행되고 있다는 것을 생생하게 느낄 수 있다.

그런데 라면이나 커피는 만드는 과정에서 특별히 비위를 상하게 할 만한 것이 없다.

그럼 그때의 문제는 혹시 나의 태도에 있는 것일까?

이를테면 라면을 끓일 때 라면 봉지를 뜯다가 바닥에 떨어진 라면 부스러기를 도로 냄비에 넣는다든지, 커피를 내릴 때 건방지게 짝다리를 짚고 물도 대충 내리는 식으로, 그런 나의 태도가 은연중에 나중에 그것을 먹는 나에게 미리 반감으로 작용하는 것일까?

뭐 그냥 단순히 내가 요리 실력이 부족해서 내가 만들면 맛이 없는 것일 수도 있다. 그렇게 생각하면 아주 간단하다. 그런데 그렇게 되면 내가 무척 비참해진다는 또다른 문제가 생긴다.

이태원

약속이 있어 책방을 30분 일찍 마치고 이태원에 갔다.
오랜만에 보는 친구들과 저녁을 먹고, 커피도 한잔하고
헤어졌다.
어엿한 밤이 시작되는 시간. 저 앞으로 해밀톤 호텔 앞 사거리가
보인다.

나는 옛날부터 이곳을 걸을 때마다 이상한 기분에 휩싸이곤
했다. 아무리 느긋하게 걷고 있어도 심박은 도곤도곤 빨리
뛰었다. 거리 전체를 감싸고 있는 매력적인 퇴폐감. 서울에서
이런 기분을 느끼게 해주는 곳이 이태원 말고 또 있을까. 정말
오랜만이다, 여기는.

옛날에는 재즈 공연을 보러 왔었고, 내가 공연을 하려고
왔었고, 옷을 사러 오기도 했고, 술을 마시러 왔었다. 나는
여기서 게이 친구들과 게이 바에도 갔었고, 예쁜 트랜스젠더
쇼를 봤고, 그때만 해도 하나뿐이었던 홍석천의 레스토랑에도

갔었고, 여름이면 혼자 해밀톤 호텔 수영장에서 태닝하며 책을 읽기도 했고, 유명하다는 홍합찜을 파는 프렌치 레스토랑에서 난생처음 아스파라거스를 먹고 경악하기도 했다. 이제는 다 작별한 유흥들이다.

이제는 이 공간 안에 푹 잠기는 일 없이 그저 언저리를 잠깐 잠깐 들르는 것뿐이다.

리움에 전시를 보러 가거나, 해방촌 책방에 가거나, 이태원 안쪽으로 가구를 보러 가거나, 버스 안에서 구경하며 지나치거나.

정말 오랜만에 이 거리 위에 서 있는 나는 굉장히 쭈뼛거리며 걸었다. 이 거리를 휘감고 있는 기분 좋은 퇴폐감의 리듬을 나는 영 따라 맞추지 못했다.

책방을 하면서 어딜 가도 이렇게 쭈뼛거리는 나를 발견한다. 말로 설명할 수 없지만 책방을 시작하면서 나는 아주 순식간에 딱딱해진 것 같다. 행복하지 않은 것은 아니지만 정말 이제 나는 옛날의 나와 너무나 달라져버렸다는 것을 느낀다.

버스 정류장에 서 있다가 그냥 오른쪽으로 정처 없이 쭉 걸어봤다. 그리고 다시 뒤돌아 제자리로 돌아왔다. 여전히 이 거리는 젊고 아름답고 위험한 사람들이 넘치고 거리는 더러웠다.

한때 내가 이 거리 속에 잠겨 보낸 시간들이 있었다는 게 다행스럽게 여겨졌다.

이제 버스를 타고 집으로 돌아갈 시간이다.

모순

〈돈맥경화〉 워크숍 네번째 시간. 그사이 신청자가 너무
많아져서 두 그룹으로 나누었다. 오늘은 그중 첫번째 그룹.
취소한 사람이 없어 사람들은 다닥다닥 무릎을 붙이고 앉았다.
이 자리에 모이는 사람 하나하나가 모여서 만들어내는 특유의
동질적인 분위기가 있는데, 그게 참 신기하게도 매 시간 다르다.
이걸 말로 설명하는 게 어렵다. 다만 어렴풋하게 기운이 비슷한
사람들끼리 어떻게 이렇게 미리 말을 맞춘 듯 모일 수 있을까
신기할 뿐이다.

내가 책방을 하면서도 신기하다고 여기는 부분이 또 있다.
책방에 있는 책들이 골고루 팔릴 것 같지만 한쪽으로 치우칠
때가 굉장히 많다. 예를 들면 계속 시집만 팔리는 날이 있는가
하면, 사진집만 팔리는 날이 있고, 인기가 없어 책방에서도
신경을 두지 않던 특정 책을 오는 손님마다 찾을 때도 있다.
손님들에게 오늘 이 책을 사러 오신 특별한 계기가 있는지
물어보기라도 할걸 이제와 후회하는데, 아무튼 그런 날에는
혼자서 이런저런 의아를 키워보곤 했다. 잠정적으로 내린

결론은 두 가지다. 텔레비전과 라디오, 혹은 SNS의 영향으로
인간들은 비슷비슷한 하루를 살아갈 가능성이 크다는 것,
그리고 그게 아니더라도 인간들은 비슷비슷한 하루를 살아갈
가능성이 크다는 것.

'대체로 우리는 비슷비슷한 하루를 살아간다'는 말은 사실
그렇게 대단한 말은 아니다. 그러나 한곳에 고정된 채 오고 가는
사람들을 반복적으로 관찰하다보니, 혼자 생각하면서 깨닫는
것과 실질적으로 조망하며 아는 것과는 굉장히 다른 느낌이다.
머리로 알게 되는 것과 몸으로 알게 되는 것의 차이라고 해야
할까. 아무튼 나는 책방에서 한결같이 움직이는 사람들의
흐름을 지켜보면서 자연스럽게 '남들과 다르게 살아보겠다'는
일체의 욕심을 버렸다.
얘기가 잠깐 다른 곳으로 샜는데, 아무튼 오늘의 분위기를
'맥주를 많이 마시는 분위기'라고 대충 지어보겠다. 매 워크숍
때마다 술을 좋아하는 사람을 위해서 늘 맥주나 와인을 조금씩
준비하는데, 인기가 계속 없다가 오늘 드디어 이 술들이 임자를
만난 것 같았기 때문이다. 잡지《노처녀가 건네는 농》의 천준아
편집장님이 사오고 나도 따로 준비한 술이 동이 나고, 이야기는
그칠 기미가 보이지 않아 내가 술을 더 사러 근처 슈퍼에
다녀왔다.

슈퍼마켓에 가는 길에 따라나선 분이 계셨다. '정돈된' 미녀였다. 목소리도 '정돈된' 느낌이었다. 이 정돈됐다는 느낌은 과연 무엇일까 조용히 생각하고 있을 때, 그녀가 어느 방송사의 날씨 리포터라고 자기의 직업을 굉장히 뜸을 들이면서 머뭇머뭇 밝혔다(속으로 그래서 전반적으로 '정돈된' 느낌이 들었구나! 하고 내적 무릎을 쳤다). 자신의 정치적 성향과 맞지 않는 방송사에서 일하고 있어서 사람들 앞에서 떳떳하게 자기 직업을 밝히기가 힘들다고 했다. 바로 조금 전 내가 본, 아주 뜸을 들이면서 자기 직업을 밝히던 그녀의 모습이 괜한 겸손이 아니라 진심으로 싫어서 나온 머뭇거림이었음을 알게 되자, 그 수초의 순간이 얼마나 끈질기게 오랜 기간 그녀를 괴롭혀왔겠는가 싶어 마음이 아팠다.

맥주를 많이 샀다. 그녀와 나눠 들고 다시 책방으로 향했다. 어두움이 깔린 거리에 따뜻한 불빛을 내뿜고 있는 내 책방은, 내 책방이라서가 아니라 정말 환상적이었다. 사람들은 술을 기다리면서 책방 앞에 나와 두런두런 이야기를 하고 있었다. 그 작은 복작임도 아름다웠다. 동행했던 그녀에게 "제 책방 정말 예쁘죠"라고 말을 했던 것도 같고 안 했던 것도 같다.

이날 나도 술김에 용감해져서 나의 모순을 신나게 고백했다.

어떤 날은 돈이 중요하지 않다고 하면서도 어떤 날에는 돈에
무척 연연하고 있다고. 돈에 대해서는 정말로 내 안에 엄청난
아이러니가 존재한다고 말했다. 간담회 때마다 느끼는
것이지만 이 자리에 온 사람들은 올 때와 다르게 이상한 평안을
얻은 얼굴이 되고 얼른 가기 싫어한다는 공통점이 있다. 내가
그렇듯이.

자리는 오늘도 아주 늦게 파했다.

또 하루하루하루

⊕ 공드리카페 사장님이 오셔서 책방에 있는 식물들을
정기검진해주시고 결국 몇 개는 치료차 가져가셨다.

⊕ 〈돈맥경화〉 팀 미팅. 홍대의 와인 바에서 만났다. 뒷자리의
불쾌한 남자들.

⊕ 소독차가 지나가서 우루루 구경했다.

⊕ 책방에 와서 "뭐하는 책방이냐"는 한심한 질문 좀 안 했으면
좋겠다.

無事

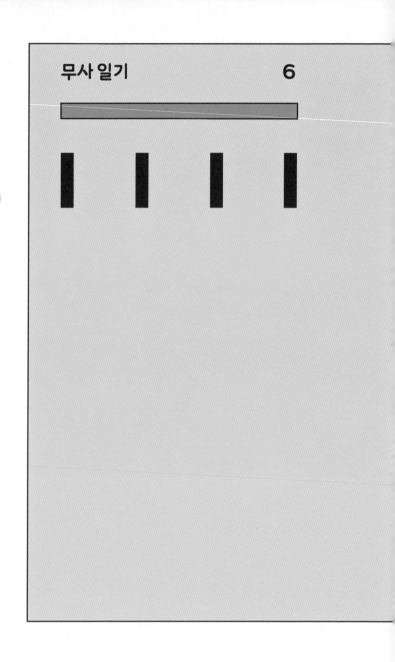

5년 뒤면 나는 41살이 된다. 어떻게 살고 싶지?
그때도 '책방 무사'를 하고 있을까. 아니, 할 수
있을까? 다른 일을 하게 될까? 그때까지 나는
뮤지션으로서 여전히 사랑받을 수 있을까?
이 징그러운 생각들. 이놈들 간만에 물 만난 듯이
펄떡펄떡거리고, 내 마음은 금세 뭔가로 휘저어서
혼탁해진 음료가 되었다. 그러나 사실 그런 음료는
이렇게 혼탁하게 해서 마시는 게 정상이다.

청소

어제도 그렇고 이상하게 책방 앞 거리에서 이상한 냄새가
났다. 그냥 날이 더워서 그런 줄 알았다. 우연히 책방 앞
텃밭에 갔다가 이 냄새의 주인공을 찾았다. 그 텃밭에 누가
음식물 쓰레기봉투를 버린 것이었다. 안이 뭔가 분주해 보여
들여다보니 어마어마한 구더기 떼가 바글거리고 있었다.
나는 구더기는 천천히 느릿느릿 움직이는 줄 알았다. 아니었다.

마침 책방에 와 있던 지웅 씨와 함께 소탕 작전을 벌였다. 나는
비장한 마음으로 펄펄 끓는 물을 드립포트에 부었다. 그동안
갈고닦은 핸드드립 실력으로 구더기들을 팽형에 처했다. 옆에서
역시 비장한 얼굴로 서 있던 지웅 씨는 그것을 신중하게 처리해
쓰레기봉투에 옮겨 담았다. 한결 돈독해진 동지애로 나는 지웅
씨가 산 책값을 좀 깎아드렸다.

커피 연구

손님이 없어서 커피를 연구하기로 했다. 풍림다방 사장님께서
주신 니카라과 원두를 종이 필터와 융 필터에 각각 내려보았다.
종이 필터로 내렸을 때와 융 필터로 내렸을 때 어떻게 맛이
다른지 비교하기 위해서이다. 똑같은 양을 분쇄해서 나누어
담고 같은 양을 내렸다. 온 집중을 입으로 끌어모았다. 그렇게
몇 번을 먹어보면서 내린 결과는 이렇다.

종이 필터로 내린 커피는 융 필터에 비해 좀 뭉개진, 두루뭉술한
느낌의 맛이 났다. 그러나 그 맛은 이상한 게 아니었고, 경우에
따라 어떤 사람에게는 오히려 마일드해서 좋다고 느껴질 수
있을 것 같은 맛이었다. 그러나 이것은 내가 대단히 집중하여
겨우 눈치챈 맛이었고, 아무 생각 없이 마신다면 둘의 차이를
느끼지 못할 것 같았다.

거리에는 사람이 없고 매일 놀러 오는 소녀 할머니만 '시인의
의자'에 앉아 계신다. 할머니가 커피 맛을 좀 아신다면 좋을
텐데, 왠지 쓰다고 싫어하실 것 같아 여태껏 커피 밀고 단맛
나는 음료만 드렸다.

조만간 내가 내린 커피를 드려볼 것, 그리고 이름을 여쭤볼 것.

아듀 원성희

얼마 전 원성희가 조심스럽게 어딘가 면접을 볼까 한다고 했다.
면접을 볼 때 너무나 떨릴 것 같다고 걱정이 많다.
원성희가 면접에서 합격하면 당장 다음 주부터 일을 도와줄
사람을 다시 구해야 한다. 그동안 원성희가 있어서 너무 좋았다.
내가 없을 때 원성희가 내 책방에 있다는 것이 좋았다.
숫기도 말수도 없는데 이상하게 원성희를 좋아하는 사람이
많았다. 책방에 내가 있을 때 원성희가 없다고 실망해서
돌아가는 손님이 있을 정도였다.
1년간 일하는 계약직이라길래 혹시 면접에서 붙어도 1년
지나면 다시 돌아오라고 사정했다. 계속 원성희와 일하고 싶다.
그러나 원성희가 면접에서 떨어지기를 바라진 않는다.

+ 결국 원성희는 면접에 붙었다.

++ 며칠 전 원성희한테 사는 거 재미있냐고 그랬더니 너무 재미있단다. 백수 5개월째라는데
연트럴파크에 소풍도 가고 살도 찌고 정말 재미있게 사는 것 같아서 제주도 내려오라고
말하려다 말았다.

5년 뒤

다섯번째 〈돈맥경화〉 간담회가 있었다. 네번째 간담회에
신청해주신 분들이 너무 많아서 나눈 두번째 그룹이었다.
이번에는 몇 분께서 취소하셔서 자리가 여유 있었다. 간담회
시작 30분 전, 준식이 자기 할머니가 하신다는 떡볶이집에서
떡볶이를 사서 놀러 왔길래 별일 없으면 간담회 듣지
않겠느냐고 해서 우연히 한 명이 늘었다.

이날 모인 사람들도 다양한 직종이었다. 목사님도 계셨고,
음악하시는 분, 액세서리 가게를 하시는 분, 피디를 준비하는
준식, 아버지 일을 도와드리는 지웅 씨…… 각자의 상황과 고민,
그리고 5년 뒤 나의 모습을 그려보는 시간을 가졌다.

5년 뒤면 나는 41살이 된다.
어떻게 살고 싶지?
그때도 '책방 무사'를 하고 있을까. 아니, 할 수 있을까?
다른 일을 하게 될까?
그때까지 나는 뮤지션으로서 여전히 사랑받을 수 있을까?

이 징그러운 생각들. 이놈들 간만에 물 만난 듯이
펄떡펄떡거리고, 내 마음은 금세 뭔가로 휘저어서 혼탁해진
음료가 되었다. 그러나 사실 그런 음료는 이렇게 혼탁하게 해서
마시는 게 정상이다.

상실의 시대

지웅 씨가 『상실의 시대』 초판본을 구해주었다.
맙소사! 처음 보는 표지.

도저히 이 책은 팔 수 없다고 생각하면서도 무의식적으로
버릇처럼 책을 SNS에 올렸다. 자랑하고 싶은 마음도
있었다. 남원의 강사랑 관장님에게 바로 메일이 왔다. 정말
찾던 책이었는데 구하게 되어서 너무나 기쁘다고. '팔고
싶지 않다'는 신수진과 '책의 주인은 그 책을 진정 원하는
사람'이라는 책방 주인의 윤리의식이 며칠을 다투었다. 결국
책방 주인이 이겼다.

'어벙이' 할머니

동네 다른 할머니들이 소녀 할머니를 '어벙이'라고 부르는 것을 알았다.

진짜 이름을 알고 싶다.

일본 뒷골목 책방

시인 김소연 언니와 시집 전문 책방 '위트 앤 시니컬'에 갔을
때 일이다. 언니가 '위트 앤 시니컬'은 뉴욕의 힙하고 세련된
느낌이 나고, '책방 무사'는 일본의 어느 뒷골목에서 할아버지
때부터 대대로 겨우 이어져 내려온 듯한 느낌이라면서 얼마
되지도 않았으면서 어떻게 그렇게 오래된 느낌이 나느냐고
물었다.

얘기를 듣고 보니 내 책방은 어떻게 할 수 없는 '본 투 비
꼬질꼬질'이었다. 하다못해 만든 지 얼마 되지 않은 '시인의
의자'마저 몇 십 년 된 의자처럼 변해 있었다.

구린 생각

버스나 지하철에서 책 읽는 사람이 없다며 스마트폰만
들여다보는 사람들을 나무라는 것에 동의하지 않는다. 책을
읽는 것은 아름다운 일이다. 하지만 그것이 책을 읽지 않는
인생을, 스마트폰만 보는 인생을 한심하다고 말할 기준이 될
수는 없다.

그런데 그렇게 말하는 사람들을 종종 만난다. 요즘 사람들 책을
너무 안 읽어서 문제라고, 책을 읽는 게 얼마나 중요한데 안
읽느냐고 쯧쯧 하는 사람들. 내가 책방을 한다니까 더
내 앞에서 그런 말을 많이 한다.

책을 읽는 것은 중요하다. 정말 아름다운 일도 맞다.
그러나 자신이 책을 많이 읽으므로 남들보다 나은 사람이라고
생각하고 있다면 어서 빨리 그 생각으로부터 멀리 달아나야
한다. 그건 틀렸다. 책은 인생의 유일한 묘약은 아니다. 책을
많이 읽는 한심한 바보 멍청이들도 되게 많다(나도 그런 사람인
것 같다는 생각을 종종 한다).

책은 좋은 것이다.

독서는 나를 더 나은 사람이 되게 하고 아름답게 한다.

그것만 조용히 혼자 알고 있으면 된다.

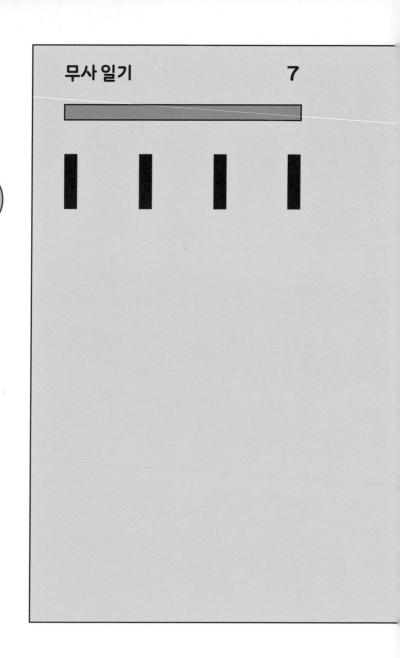

책방을 하면서는 '책'들이 '나'라는 사람의

현재를 대변해준다는 것도 알게 되었다. 책방의

인테리어를 완성하는 것은 뭐니 뭐니 해도 책들이다.

가지런히 놓인 내 책방의 책들을 물끄러미 바라보며

나를 알아가는 시간을 갖는다. 처음에는 나도

모르다가 책방을 운영하면서 알게 된 사실이다.

이곳은 정말로 나를 가감 없이 보여준다.

그러므로 나는 계속 잘 살아야만 한다.

그래야 내 책방도 좋은 곳이 될 것이다.

웃었다, 화난다

'책방 무사'에서 유일하게 두 달마다 했던 워크숍이 있었다.
앞에서 여러 차례 얘기했던 〈돈맥경화 치료 간담회〉가
그것이다. 역시 앞에서 여러 차례 소개했던 '푸른살림'의
박미정 소장님, 잡지 《노처녀가 건네는 농》의 천준아 편집장님,
씨네21북스 편집자 송은 님과 꾸려왔다.

1년 가까이 표면적으로는 돈 문제로 모객을 했지만, 결국 '나란
무엇인가'라는 본질적인 이야기를 주로 나눴다. 나 역시 이 모임
덕분에 많은 내적 성장을 이루었다.

그리고 내일은 우리만의 워크숍이다. 그동안 사는 이야기와
고민을 틈틈이 공유해왔지만, 내일은 뭔가 본격적으로 멍석을
깔고 할 참이다. 소장님은 정식으로 A4 용지에 '지금 내 인생의
최대 화두'를 적어서 같이 이야기해보자는 과제를 내셨다. 나는
아까부터 그걸 정리하려던 중이었다. 그런데 잘 안 된다.

오늘 나는 대전에 스케줄이 있었다. 스케줄을 마치고 책방에

다시 와보니 마침 대전에서 온 두 분의 손님이 책을 한 권씩
들고 기다리고 계셨다. 우리는 이 우연이 신기해 크게 웃었다.
오늘 책방의 매상은 이게 다였다. 그래도 '웃었다'는 게
중요하다고 생각했다.

하고 싶은 게 너무 많다. 일단 영화를 보러 극장에 가고 싶어
죽겠다. 우리 동네 깊은 곳까지 산책을 해보고 싶다. 만나는
사람들마다 내 머리카락이 지나치게 길다고 해서 미용실에 가서
머리카락을 아주 짧게 잘라버리고 싶다. 그러나 나는 늘 일이
있다. 일이 없는 날에는 늘 책방에 있다. 결과적으로 그래서
아무것도 못하고 있다는 걸 오늘 알았다. 아, 하고 싶은 게 자꾸
생각난다. 빨리 만들어야 하는 노래도 얼른 완성하고 싶고, 아무
할 일이 없다는 걸 알고 온종일 세수도 하지 않은 채로 있고도
싶다. 이렇게 말하다보니까 조금 화가 난다.

〈돈맥경화 치료 간담회〉 당일치기 여행

마시란 해변에 가기로 했다. 내가 거기에 가자고 했다.
가까이 가면서도 멀리 떠나는 느낌을 내기에 딱 좋다고
생각했다. 해변의 이름도 이국적이고.
우리는 인천공항에서 만났다. 한 달에 한 번씩 보는 천준아
편집장님도 박미정 소장님도 송은 씨도 공항에서 만나니
어쩐지 새롭고 쑥스러웠다.
처음 보는 신기하고 깨끗한 자기부상열차를 타고 용유역에서
내려 택시를 타고 해변가로 들어갔다. 금방이었다. 썰물 때라
그런지 바다는 멀리 놀러 나가고 없었다.
기사님에게 넉살 좋은 편집장님이 말을 걸었다.

   - 저희 조개구이 먹으려고 하는데요. 어디가 맛이
   좋아요?

기사님이 "내가 한 군데 알고 있지" 하고 데려간 곳에 우리는
순순히 내렸다.
바닷가 바로 옆에 늘어서 있는 조개구이 집들 중 하나였다.

점심을 먹는데 같이 내주신 김치가 너무 맛이 있어서 사장님께
직접 담그신 거냐고 물었더니, 곧장 "중국산이야!"라는 대답이
돌아왔다. 우리는 이곳이 무척 마음에 들었다.

점심을 먹고 나서 해변을 따라 오래 걸었다. 주변은 무척
한산해서 사람이 거의 없었다.

조개구이 집 뒷마당에 자리한 평상에 둘러앉아서 우리는 각자
준비한 A4 용지를 꺼냈다.

사실 나는 종이에 한 자도 적지 못했다.

회피기제가 발동한 것이다. 차근히 앉아서 사람들에게 설명할
수 있도록 내 생각을 정리했어야 했는데 다 내키지 않았고 그냥
술이나 마시고 놀다 오고 싶은 기분뿐이었다.

    - 죄송해요, 저는 아무 말도 적지 못했어요. 잘 정리가 안
    되어서요.

나는 솔직하게 고백했다.

다니던 출판사를 나와 결혼을 준비하고 있었던 송은 씨, 그리고
하고 싶은 일과 돈을 버는 일 사이에서 고민하던 편집장님, 속을
알 수 없는 사람이었던 박미정 소장님의 또다른 반전 매력들을
발견하면서 밤은 금방 왔다. 놀러 나갔던 바다도 돌아왔는데
밤이라서 보이지 않았다.

열심히 조개를 굽고 맥주를 마셨다.

나는 조개구이를 굉장히 좋아한다.

목장갑을 끼고 집게와 가위를 이용해서 열심히 구워 먹는
행위가 아주 재미있다.

급하게 먹었던 조개가 목에 걸려서 큰일 날 뻔한 상황도
있었는데, 보통 그런 경험을 하면 그 음식에 대한 정도 뚝
떨어진다던데 어쩐 일인지 나는 지금까지도 지치지 않고
좋아하고 있다.

조개를 먹고 조개를 먹고 조개를 먹으면서 내 이야기들이
나왔다.

책방을 하는 일이 얼마나 행복한지. 그리고 그동안 내가
뮤지션으로 살았던 세계에서 얼마나 멀리 떠나왔는지.

"저 또 곡 쓸 수 있을까요ㅎㅎ" 하고 자조적으로 웃고 있는데
맞은편에 앉아있던 편집장님이 자기 일처럼 울기 시작했다. 어,
어, 하면서 나도 따라 울고 말았다.

그리고 우리는 다시 조개를 먹고 조개를 먹고 조개를 먹었다.

이른 밤이 지나고 늦은 밤이 될 무렵에 종수가 우리를 데리러
왔다.

일행들을 가까운 곳에 데려다주는 것을 보고 차 안에서 잠이
들었다.

안심하며 쿨쿨 잤다.

+ 나는 결국 2017년 앨범을 만드는 데 성공했다. 〈나는 아직도 당신이 궁금하여 자다가도 일어납니다〉라는 다소 긴 제목의 앨범이자 영화. 영화로 앨범을 만들었기 때문에 2017년 제18회 전주국제영화제에서 첫선을 보였고, 그해 여러 영화제와 상영회를 통해 관객과 소통할 수 있었다. 글에 적지는 않았지만 저 날 편집장님이 용기 나는 말씀을 많이 해주셨는데 그 덕이었던 것 같다.

하하하하

오늘 책방에 와준 단골 두 분. 지웅 씨는 내일이 생일이고,
사랑 관장님은 얼마 전 생일이었다고 한다. 책방을 마치고
같이 조촐한 '생파'를 했다. 관장님은 알고 보니 학교
체육선생님이기도 했는데, 아이들이 체육을 정말 좋아할 수
있도록 열과 성을 다하는 분이셨다. 가장 기억에 남는 이야기가
본인이 만들었다는 '하하 축구.'

축구를 하다보면 어쩔 수 없이 못하는 친구에게 짜증을
낼 수밖에 없는데, '하하 축구'에서는 짜증을 내면 몇 분간
퇴장하는 규칙이 있다고 한다. 짜증이 나면 하하하- 웃어야
하는 규칙도 있단다. 어떤 날은 아이들이 규칙을 지키다가
배를 잡고 웃느라 경기를 못한 적도 있다고 한다. 본인의
태권도장에서도 절대 경쟁적으로 가르치지 않고 무조건 재미
위주로 가르친다. 실력이 좋은 친구들에겐 실력을 더 닦을 수
있는 다른 도장을 소개해준단다.

– 애들은 무엇보다 행복을 알아야 해요.

관장님의 교육 철학이 너무도 근사해서 눈물이 날 것 같았다.

자기가 얼마나 위대한 일을 하고 있는지, 관장님은 알까?

나를 알아가는 시간

나는 나를 파악하는 일에 취약하다고 이제는 생각한다. '내 일이니까 내가 제일 잘 알아'라든가 '나를 아는 건 나뿐이야' 같은 말을 하면서 살아왔지만, 이제와 돌이켜보면 정말 그랬나, 자신이 없다. 내가 보는 나와 남이 보는 내가 같지 않다고 점점 생각하게 된 단적인 두 개의 계기는 다음과 같다.

첫째, 내가 볼 때 마음에 드는 나와 남들이 볼 때 마음에 드는 내가 언제나 일치하지 않았다. 프로필 촬영을 한 뒤 마음에 드는 사진을 사무실 동료들과 고르고 있자면 좀 어이없을 때가 많았다. 그들은 늘 나라면 절대 고르지 않을 사진을 고르며 '이거 잘 나왔다'라고 하는 것이다. 내 사진을 찍는 걸 좋아하는 종수가 나를 엄청나게 찍고서 자기 인스타그램에 올린 사진을 보면 일부러 이상한 사진만 골라 올리는 건 아닐까 생각할 정도다. '혹시…… 이거 웃겨서 올린 거야?'라고 물어보면 그때마다 돌아오는 대답은 '잘 나와서'였다.

둘째, 나는 내 말투가 약간 느린 편이어도 또박또박 말도 제법 많이 한다고 생각한다. 그러나 주변에서는 한결같이 나를 '말수가 너무 적고 어눌한 편이며 가끔 답답할 때마저 있다'고 평가한다는 것에 놀랐다. 내가 말을 얼마나 열심히, 많이, 또박또박 하는지 아무리 항변해도 먹혀들지 않는다.

아무튼 지금으로서는 나는 나라는 사람에게 확신과 자신이 그다지 없는 편이며, 가까운 타인이 정리해주는 나라는 존재를 더 수용하며 신뢰하게 되었다. 책방을 하면서는 '책'들이 '나'라는 사람의 현재를 대변해준다는 것도 알게 되었다. 책방의 인테리어를 완성하는 것은 뭐니 뭐니 해도 책들이다. 한 번 방문한 손님이 다시 찾았을 때 지난번과는 또다른 느낌을 받았으면 해서 책을 진열하는 데 늘 신경을 쓴다. 나는 그렇게 가지런히 놓인 내 책방의 책들을 물끄러미 바라보며 나를 알아가는 시간을 갖는다.

'이런 책들을 대거 입고하다니, 내가 요즘 이 문제에 관심이 많구나' 'A 작가의 책이 갑자기 늘어났네. 내가 요즘 이 작가에 관심이 많구나' 하는 식이다.

처음에는 나도 모르다가 책방을 운영하면서 알게 된 사실이다. 이곳은 정말로 나를 가감 없이 보여준다.

그러므로 나는 계속 잘 살아야만 한다.

그래야 내 책방도 좋은 곳이 될 것이다.

어떤 안부

보통 오후 1-6시 영업이지만 칼같이 6시에 마친 적은 몇 번
없었던 것 같다. 오후 6시가 되면 끝났다는 안심과 함께 '빈둥
모드'가 되면서 읽고 싶은 책들을 뒤적이거나 뭔가를 하고
있다고 분명하게 말하기 어려운 딴청을 피우며 한두 시간을
그냥 보낼 때가 많다. 그날도 기억나지 않는 무언가를 하면서
늦게까지 책방을 닫지 않고 있었다. 그때 교복을 입은 남학생이
슬그머니 들어왔다.

- 책을 추천 받고 싶어서요.
- 무슨 책을 추천해드리면 좋을까요?
- 페미니즘……이요.
- ……!

당시 트위터에서는 어떤 배우가 '여배우라는 말도 여성혐오적
단어'라는 글을 남겼고, 이내 상당한 화제가 되었다. 그 학생도
그 발언을 보았다고 했다. 자기 생각으로는 여배우가 왜
여성혐오적 단어인지 도저히 납득이 가지 않더란다. 그래서

좀더 알아보고 싶고 공부하고 싶다고 했다. 그런데 어디서부터 시작해야 할지 알 수 없어서, 마침 책방 무사에 페미니즘 도서가 많으니 거기서 도움을 받을 수 있겠다는 생각이 들었다고 했다. 어린 남학생으로부터 페미니즘 도서를 추천해달라는 부탁을 받은 것은 처음이다. 아니 일단 남성으로부터 그런 부탁을 받는 일이 혼치 않다. 솔직히 나는 굉장히 큰 감동을 받았고 동시에 큰 책임감을 느꼈다.

　- 정말 여배우가 여성혐오 단어예요? 왜요? 그건 전혀
　　혐오감의 표현이 아니잖아요.

나는 그의 혼란과 이해 못함이 이해되었다.

　- 맞아요. 여배우는 혐오감을 품고 사용하는 표현은
　　아니죠. 그런데 그 전에 여성혐오라는 말의 '혐오'는
　　우리가 보통 쓰는 혐오라는 말과는 뉘앙스가 달라요.
　　그래서 더 이해하기 힘들 거예요.

나는 구술시험을 보는 사람처럼 잔뜩 긴장하여 말했다.

　- 원래 이런 상황에서 쓰이는 단어가 있어요.

'미소지니misogyny'라는 말이에요. 우리가 알고 있는

그 혐오, 여성을 혐오할 때, 여성을 대상화하거나

차별할 때, 모든 반여성적인 편견에 붙일 수 있는

말이지요. 그 말을 '여성혐오'라고 해석하면서 생긴

오해라고 볼 수 있어요. 따라서 여성을 '김치녀'나

'맘충'이라고 부르는 것은 물론 '꽃'이라고 부르는 것도

미소지니죠. 여배우라는 말도 마찬가지입니다. 우리는

보통 남배우라고 부르지 않잖아요? 여대생은 있어도

남대생은 없지요. 여류작가는 있어도 남류작가는

없고요. 모든 직업에 남성을 기본으로 삼고 있다는

전제가 있어서 생긴 명칭입니다. 여성 싱어 송 라이터도

마찬가지입니다. 저 역시 제 이름 앞에 득달같이

'홍대여신'이라고 붙는 타이틀이 반갑지 않고요.

학생은 그 밖에도 자기가 궁금한 것을 이것저것 물어보았고,
나도 내가 아는 선에서 성심성의껏 대답해주었다. 그는
잘 이해되지 않는 모습이었지만, 최대한 이해하고 싶어
했다. 우리는 한 시간이 넘도록 이야기를 나누었다.
그에겐 《아이즈ize》라는 웹진에서 발간한 『2016 여성혐오
엔터테인먼트』라는 책을 추천해주었다. 이 책은 연예계에서
어떤 방식으로 여성을 대상화하는지, 2016년 한 해 동안의

여성혐오 사건들을 상세히 적은 책이다. 애초에 페미니즘에 관심을 갖게 된 계기가 '여배우'라는 말이었으니 어떤 입문서보다 이해하기 쉬울 것 같았다. 다 읽고 나서 그는 무엇을 느꼈을까? 아니, 다 읽기는 했을까?

그 뒤로도 책방 문을 닫고 빈둥 모드로 보내다보면 종종 학생의 안부가 궁금해진다.

책방들이 없어지지 않고 오래오래 있으려면?

자타공인 '트잉여'의 삶을 살면서도 부끄럽게 트위터의
새 기능을 적극적으로 활용하지 못하다가 얼마 전 드디어 '설문
기능'이라는 것을 써보았다. 질문은 다음과 같았다.

　- 당신은 전자책 쪽인가, 종이책 쪽인가?

천 명이 조금 넘는 사람들이 설문에 대답해주었다. 결과는
압도적으로 종이책의 승리였다. 처음 질문이 약간 관념적인 것
같아서 좀더 현실감을 더한 질문을 만들어보았다.

　- 곧 여행을 떠나는 당신은 여행지에서 읽을 책을
　고르고 있다. 여러 권을 고를 생각인데 어떻게 하겠는가?
　다 전자책에 담아간다 vs 다른 짐을 빼는 한이 있더라도
　종이책을 고집하겠다

천 명이 조금 안 되는 사람들이 참여했고, 결과는 압도적이진
않았지만 전자책의 승리였다.

나는 뼛속 깊이 종이책 성향의 인간이고(전자책 방식에
친근해지려고 몇 년 전 넣어둔 리디북스 예치금 30여 만 원이
아직 그대로 있다), 그래서 당연히 다들 종이책을 좋아할 거라고
멋대로 생각했다. 그러나 두 번의 트위터 설문조사를 하며 내가
이해한 메시지는 대체로 종이책이 좋지만 경우에 따라 전자책의
편의도 적극적으로 수용하는 사람들이 많다는 것이었다. 뿐만
아니라 내가 분명하게 종이책을 선호하는 것처럼 분명하게
전자책을 선호하는 사람도 있다는 것을 알게 되었다. 종이책과
전자책이 작지만 분명한 각각의 터를 나눠 잡고 나름 사이좋게
공생하는 것 같았다.

전자책의 등장에도 여전히 분명한 사랑을 받고 있는 종이책.
그렇다면 인터넷 서점 vs 오프라인 서점의 상황은 어떨까.

얼마 전 데이비드 색스의 『아날로그의 반격』이라는 책을
읽었다. 포스트 디지털 시대에 다시금 주목을 받는 아날로그
문화의 가능성을 다층적으로 소개한 책이었다. LP부터
시작해서 몰스킨 노트, 책방, 유통, 교육 등 사회 전반에서
구조적 변화와 혁신을 이끌고 있는 아날로그 이야기가 적혀
있어서 흥미로웠다. 아날로그의 가장 큰 강점은 역시 육체적
쾌감일 것이다. 직접 보고, 직접 만지고, 직접 경험하는 오감의

다양한 체험. 이것이 주는 풍부감이 우리의 삶을 불편하지만 그만큼 의미 있게 해주는 것일 테다. 팔이 안으로 굽는다고, 나는 그중에서도 책과 책방 이야기에 눈이 갈 수밖에 없었다. 마침 이 책의 번역가 박상현 님도 어느 독립책방을 방문해서 경험한 잊을 수 없는 기억을 말씀해주셨다.

그는 지인에게 추천을 받고 망원동의 어느 독립책방을 찾았다고 한다. 그런데 늦은 시간이라 문이 이미 닫혀 있었다고. 허탈한 마음으로 잠시 바깥에서 외관을 멍하니 보고 있는데 뒤에서 주인장이 "문 열어드릴까요" 하더란다. 그렇게 문 닫힌 책방 문을 다시 열고 안으로 들어갔더니 생각보다 책이 빼곡하게 즐비하지 않아서 내심 내실 없다는 생각을 하셨단다. 그런데 꽂혀 있는 책들을 한 권 한 권 보다보니 자기 취향의 책들만 콕 집어놓은 것 같았다는 것이다. 누군가의 집에 우연히 놀러 갔다가 자기 취향의 책들만 꽂혀 있는 서재를 발견하면 그 사람과 덜컥 친해지고 싶은 기분이 들듯이 곧장 이 책방과 친구하고 싶은 생각이 들었다고 한다. 조용히 속으로 감탄하던 사이 책방에는 동네 단골들이 하나둘 들어와 주인장과 인사를 나누고, 안부를 묻고, 길에서 구조한 것으로 보이는 새끼 고양이가 들어 있는 라면박스를 둘러싸고는 소곤소곤 고민을 나누더란다. 고즈넉한 저녁, 작고 편안한 어느 공간에서,

누군가는 조용히 책을 보고 누군가는 작고 연약한 다른 존재를
걱정하는, 그 옹기종기함이 새삼 너무나 감동적이었다고 한다.
이런 경험을 전자책을 사면서, 혹은 인터넷 서점을 통해서
경험할 수 있을까.

얘기가 나온 김에 조금 더 해보겠다. 나를 포함해 작은 동네
책방을 운영하는 사람들은 아마도 대부분 이런 아날로그가
주는 '옹기종기함의 힘'을 가장 우위에 놓을 것이다. 월세도,
인건비도, 공과금도, 책장도, 바닥도, 천장도, 조명도, 진열된
책들도, 엽서도, 천 가방들도 그런 마음으로 준비할 것이다. 그
옹기종기함을 책을 사랑하는 사람들과 느끼고 싶어 할 것이다.
그게 우리에게는 가장 중요한 일이다. 손님들도 너무 좋아하며
공간의 사진을 담기 바쁘고, 덕분에 자신들의 하루가 의미
있고 행복했다고 말하며, 이런 공간이 없어지지 않고 오래오래
있으면 좋겠다고 입을 모은다. 그렇다면 이 공간들이 없어지지
않고 오래오래 있으려면 어떻게 해야 할까?

한 손님이 책방에 와서 어떤 책을 자세히 살펴보더니 그
자리에서 스마트폰을 들어 10퍼센트 저렴한 인터넷 서점에서
그 책을 주문하는 현장을 목격했다고 A책방 주인이 말할 때,
아무렇지도 않게 자기가 필요한 부분만 사진을 찍고 책을

사지는 않는 사람들이 너무 많아서 '책의 내부 촬영은 안

된다'는 말을 완곡하게 해서 책방 여기저기에 붙여놓았다고

B책방 주인이 말할 때, 해방촌의 이런저런 데이트 코스가

소개된 팸플릿에 자기 책방이 소개되었는데 그 아래에 예상

데이트 비용이 '0원'이라고 적혀 있는 것을 보았다고 C책방

주인이 말할 때…… 그럴 때 책방 주인들은 가만히 고개를

숙이고 똑같은 질문을 자신에게 던지곤 한다.

'이 공간이 없어지지 않고 오래 남아 있으려면 나는 어떻게 해야

할까.'

『아날로그의 반격』에는 뉴욕의 서점 '북컬처'의 성공 사례가

등장한다. 대표인 도블린의 말이다.

"이런 공간에서 이익을 내야 합니다."

도블린은 자주 서점에 와서 지갑으로 투표를 하여 (즉 돈을

써서) 원하는 서점, 원하는 이웃, 원하는 도시를 만들어달라고

호소력 있게 말했다.

"우리는 여러분들이 찾아오는 한, 언제까지나 여기에

있을 겁니다."

흘려서

나는 서울 종로 계동에서 약 1년 반 동안 '책방 무사'를
운영했다. 2017년 3월, 서울에서의 영업은 종료되었다. 그리고
나는 제주도로 이사했고, 책방도 제주도로 이전을 준비하고
있다. 그때부터 지금까지 가장 많이 들었던 질문 두 가지는
다음과 같다.

왜 책방을 하기로 결심하셨어요?
왜 제주도로 이전하신 거예요?

나는 '왜'라고 시작하는 질문을 유독 어려워한다. 스스로
이 질문을 어려워하는 것에 대한 못마땅함도 크다. 나는 왜
나의 자진된 선택을 분명하게 증명하지 못하는 걸까? '그냥
좋아서요'라고 대답하는 건 싫어서 나름대로 머리를 굴려서
대답을 준비했는데 그것도 그냥 멋만 잔뜩 부렸다 싶고 마음에
들지 않는다. 그동안 준비했던 답변은 다음과 같다.

왜 책방을 하기로 결심하셨어요?

어릴 때부터 책방에 동경이 있었습니다. 집 근처에 있던 작은 책방에 계시던 책방 사장님이 말하자면 은연중 롤 모델이었던 것 같습니다. 워낙 책 읽는 것을 좋아하다보니 자연스럽게 책방을 하고 싶다는 꿈이 점점 내 안에서 구체화되면서 어느새 정신을 차려보니 정말 책방 주인이 되어 있네요. 하하하!

왜 제주도로 이전하신 거예요?

제주도에 처음 갔을 때부터 어떤 말로 설명할 수 없는 운명적인 느낌을 받았어요. 여기서 살고 싶다, 라는 강력한 간절함이 늘 있었지요. 그러다가 사람들이 대거 제주도로 몰리면서는 저의 욕망을 일부러 억눌렀습니다. 기류에 편승하고 싶지 않은 오기 같은 게 있잖아요. 그런데 보다시피, 실패하고 말았네요. 하하하!

나는 오늘 그동안 해왔던 답변의 최신판이자 솔직판을 여기에 수록한다.

나는 잘 홀린다.
대체로 홀려서 여태 살아온 것 같다.

음악을 하는 사람이 된 것도, 사랑에 빠지는 일도, 물건 하나
사는 것도 거의 홀려서 했고, 그게 성공하거나 실패하면서
지금까지 왔다. 책방을 하게 된 것도, 제주라는 섬으로 집도
책방도 훌쩍 옮겨간 것도 같은 이유로 설명이 가능하다.
얼마 동안은 그저 홀린 상태(아무 생각 없는 상태)로 지내다가
시간이 흐르면서 나는 다음의 생각을 자주 하게 된다,
'내가 무슨 짓을 한 거지.'
여기서 누군가 '그냥 좋아서'라는 답변이나 '홀려서 그랬다'는
답변이나 별반 다른 게 없지 않느냐고 반문할 수 있다. 그러나
그게 그렇지 않다. '그냥 좋아서'라는 말은 어릴 때부터
재능교육 스스로 학습법으로 공부한 주체적이고 자주적인
사람만 대답할 수 있다. 나처럼 핑계가 생활화되어 있고
언제든 책임을 남에게 미룰 준비가 되어 있는 사람은 '홀려서
그랬다'가 더 적확한 답변이 된다.

다 '홀려서' 한 것이다.
애초에 책방을 한 것도 그러다가 뜬금없이 제주도로 내려온
것도 제주도에서 책방을 다시 뚝딱 만들고 있는 것도, 모든 게
나 때문이 아닌 것만 같다.

취미는 독서

내 취미는 독서다. '취미는 독서'라는 말, 내가 하면서도
따분하다. 취미계의 독보적 클리셰라고 할 수 있는 저 말을 나는
어쩔 수 없이 자주 말해왔다. 딱히 취미라고 할 만한 게 정말로
독서 말고는 없다. 실제로 취미가 독서라고 말하면
철 지난 개그처럼 받아들이는지 피식 웃는 사람도 있고, 그것은
누구나의 대외적 취미가 아니냐는 듯 '독서 말곤 없느냐'고
묻는 사람도 있었다. 나 역시 좀더 독특한 취미가 있다면
좋겠다고 생각하지만 늘 생각뿐이다.
언젠가 질문하는 사람 중 하나가 '왜'라는 말을 붙였더랬다.
"왜 독서가 취미예요?"
'게을러서'라고 대답했다. "게으른 사람에게 적격이에요. 그냥
자기가 가장 편안한 자세를 취한 다음에 책을 펴고 눈알만
굴리면 됩니다." 간단하게 눈알만 굴리며 영위해온 게으른
사람의 독서라는 취미. 그 연대기를 짧게 소개하겠다.

나는 대학에 다닐 때 본격적으로 독서를 시작했다. 전공에 대한 애정이 전혀 없어서 시험이 아니면 거의 공부를 하지 않았다. 친구도 거의 없었고, 할 일이 딱히 있는 것도 아니어서 시간이 좀 많았다. 어떤 대학교는 시간이 남아돌고 할 일도 없는 대학생이 갈 곳이 많을 수도 있다. 그러나 내가 다니는 학교에서는 갈 만한 데가 도서관뿐이었다. 정말 어쩔 수 없이 그곳에 처박혀 되는 대로 끌리는 표지를 집어 들거나 아니면 한 작가의 책만 파는 식으로 책을 읽었다. 책을 읽어 버릇하는 근육은 이때 처음 생겨난 셈이다.

다른 모든 사람들이 그렇듯이 나도 대학을 졸업하고 정신이 없었다. 무슨 일을 하면 해서 바쁘고 안 하면 안 해서 바쁜, 이상하게 어떻게든 바쁜 하루가 됐다. 그러면서 독서는 점점 시간을 때우는 개념이 아니라 쪼개서 해야 하는 일이 되었다. 버스나 지하철 안, 자기 전 시간을 틈틈이 내서 독서를 해야 했다. 사실 여건이 되지 않는데 군이 고생스럽게 책을 펼쳐야 할 이유는 없었다. 책과 관련된 일을 하는 것도 아니었고, 책을 읽지 않는다고 뭐라고 하는 사람도 없었다. 그런데도 나는 기어이 책을 읽었다. 아니, 사실 읽지 않고 들고만 다닌 날들이 많았을지도 모르겠다. 읽지 않더라도 가방에는 무조건 책이 있어야만 했다. 왜냐하면 그즈음 나에게 내 삶의 만족도를

좌지우지할 수 있는 결정적인 역할을 독서 행위가 맡았기 때문이었다. 예컨대 이제는 바쁘다는 것이 미덕이 된 세상에서 돈 버느라, 일하느라, 연애하느라 아무리 흡족하게 바쁜 삶을 살아도 그 안에 책을 읽는 내가 존재하지 않으면 나는 곧바로 의기소침해지곤 했다. '이건 내가 원하는 삶이 아니야' '이렇게 사는 건 제대로 산다고 말할 수 없어' 이런 생각을 하면서 괴로워했다. 반대로 수중에 돈은 없고 앞날도 불안할지언정 충분히 책을 읽는 내가 그 생활에 들어 있다면 나는 혼자서 떳떳할 수 있었다.

어쩌다가 뮤지션이 되었다. 나는 내 노래의 가사를 써야 했다. 어려웠지만 재미있었다. 게다가 여기저기서 짧은 원고 청탁이 들어오기 시작했다. 글도 써야 했다. 어떤 글은 마음에 들었고 어떤 글은 정말 별로였다. 어떤 글은 뚝딱 완성되었고 어떤 글은 아무리 붙잡아도 함흥차사였다. 나는 이게 다 독서 때문이라고 생각했다. 인풋이 든든해야 아웃풋도 제대로 나올 수 있는 거라고 믿었다. 그때부터 나의 독서는 조금 달라졌다. 수단이 되기 시작했다.
'이 책을 다 읽어야 더 좋은 가사를 쓸 수 있다.'
'더 많은 책을 읽어야 더 좋은 글을 쓸 수 있다.'
실제로 책을 한 권 읽을 때마다 어휘력이 풍부해지는 것 같았고,

어휘력이 풍부해지면서 덩달아 사유의 스펙트럼도 넓어지는 것 같았다. 그런 체감이 내 마음을 더 급하게 했다. 몇 번 칭찬의 순간이 있었다. 기고한 글이 SNS에 널리 퍼지는 것을 목도했고, 시인들이 뽑은 아름다운 노랫말에 내 노래가 뽑히기도 했다. 나는 머리에 바람이 엄청 들었다. 마음만 먹으면 시도, 소설도, 다 쓸 수 있을 것만 같았다. 어쩌다가 아름다운 시나 소설을 읽고 나면 질투가 일고 의욕이 불탔다. 더 열심히 책을 읽어서 이렇게 좋은 시를 쓰리라, 소설을 쓰리라, 뭐든 쓰리라. 청탁이 오는 대로 덥석덥석 받아 다양한 글을 썼다. 책은 그저 더 좋은 글을 쓰기 위한 재료일 뿐이었다.

어쩌다 책방 주인이 되었다. 책방 주인이 되면 더 많은 책을 읽을 거라고 기대했는데, 어느 정도는 맞고 어느 정도는 틀렸다. 도저히 감당할 수 없는 책들이 쌓여갔다. 책들의 병목 현상이 눈앞에서 일어났다. 나는 나대로 허겁지겁 책들을 과식하기 시작했다. 처음에 나는 게을러서 독서를 취미로 삼았다고 밝혔다. 그러나 책방 주인으로 지내면서는 정말 부지런히 책을 읽었다. 개인의 목적이 아니라, 책방 주인으로서 가져야 하는 소명 의식 때문에라도 정말 열심히 책을 읽어야만 한다고 생각했다. 그런 생활을 한 지 이제 1년이 넘었다. 아직도 병목 현상은 사라지지 않았다. 그러나 나름대로 정말 치열한 독서를

했던 1년이었다. 그동안 나는 또다른 사람이 되었다. 그저
독자로 머무는 것에 점점 자족하게 되었다. 세상에는 정말로
훌륭한 책이 많다는 것을 알았다. 그걸 다 읽으려면 시간이
많지 않겠다는 것도 알았다. 내 글, 그 속에 담겨 있는 알량한
사유와 감성은 전혀 특별하지 않다는 것도, 심지어 그런 알량한
것들을 정말 아름답고 멋있게 쓸 줄 아는 사람들이 도처에
너무나 많다는 것도, 내가 하고 싶은 말을 나보다 더 잘해주는
사람이 이미 충분해서 나는 옛날처럼 그냥 내 삶의 자존을 위해
독서만을 충실히 하면서 살고 싶다는 생각이 들었다.

이것은 열등감이나 피해의식을 품고 하는 말이 결코 아니다.
여러분께서 보는 지금 이 글을 쓰느라고 읽고 싶은 책을 그림의
떡처럼 쳐다보면서 투덜거리는 글을 방금 트위터에 올렸다.
거짓말이 아니라 나는 별로 훌륭하지도 않은 글을 머리를
싸매고 쓸 시간에 한 권이라도 더 좋은 책을 많이 읽고 싶다.
여기까지 읽은 당신은 그럼 지금 이 글은 왜 쓰고 있는가,
이렇게 묻고 싶을 것이다. 아는 사람의 부탁을 거절하지 못해
쓴다, 혹은 돈을 벌기 위해 쓴다, 혹은 내 안에 남아 있는
글쓰기에 대한 순간의 욕망을 잠재우지 못해 쓴다, 덜컥 계약을
해서 어쩔 수 없이 쓴다(지금 이 책이 그 경우다). 아무튼 지금은
그냥 이런 상태다. 이제는 글을 그만 쓰고 싶다고 생각하면서도

정신을 차려보면 이렇게 뭔가를 쓰고 있다. 지금부터 내 취미의 연대기는 또 어떤 전개가 펼쳐질지 나도 알 수 없다. 다만 지금은 이 원고를 마치고 책부터 좀 읽고 싶다.

'늘 무사하세요'라는 말로 자주 인사하곤 한다.

내 책방 이름이 '무사'여서 책방에

자주 오라는 장난스러운 중의법이다.

그러나 어떨 때는 그 인사가 정말 간절하다.

하는 사람도, 듣는 사람도.

나는 더 많은 문자가 필요하다

1

《보스토크》라는 잡지를 읽는 중이다. 2016년 11월에 창간한
사진 잡지다.

굳이 관련 잡지를 찾아서 볼 만큼 사진에 관심 있는 것은
아니지만, 편집동인에 내가 아는 사람이 있고, 그 사람을
좋아하고, 창간호 주제가 페미니즘이고…… 나로서는 읽지 않을
수 없는 책이었다. 그 뒤로도 이 잡지를 빠짐없이 챙겨 읽었다.
지금 현재 《보스토크》는 5호를 앞두고 있다.

이 잡지는 발간 후 독특하고 파격적인 구성으로 주목받았다.
원체 다른 사진 잡지를 읽어본 적이 없어서 《보스토크》가
기존의 사진 잡지에 비해 어떤 점이 파격이고 독특인지 솔직히
나는 잘 모르겠다. 다만 내가 이 잡지를 애정하는 특별한 이유가
있는데, 그 점이 파격과 독특의 영역에 포함되는 것일 수 있다.
그것은 '글(문자)'이다.

2

내가 북촌에 책방을 열기 전, 그냥 주민으로 머물던 시절에 인근
삼청동에 작은 레코드 숍이 생겼었다(지금도 있는지 모르겠다).
반가운 마음에 놀러 갔다가 아는 동료 뮤지션을 우연히 만났다.
그와 커피 한 잔을 마시고 크고 작은 갤러리가 즐비한 삼청동을
돌아나왔다. 그 길에서 동료와 음악과 예술에 대해 이런저런
이야기를 나누었다. 구체적으로 무슨 이야기를 나누었는지는
기억나지 않고 결론만 생각나는데, 그것은 다음과 같았다.
'무슨 예술을 하건 글(문자)을 잘 쓰는 게 중요하다.'

3

그림, 사진, 조각…… 다양한 종류의 전시를 보면서 나는
한결같이 답답증을 느낀다.
작품을 마주했을 때 내가 받은 강렬한 감동을 영 설명할 수
없는 고통.
'문자가 존재하지 않는 언어'(아니 어쩌면 문자로 존재하기
직전의 언어)를 감당하지 못해서 나는 늘 버둥거리며 내가 아는
문자를 소환한다.
누군가 먼저 적어놓은 감상과 해석을 열렬히 뒤져보면서, 혹은
내가 보유하고 있는 문자들을 이것저것 떠올려보면서 내가 느낀
무형 언어에 맞는 '최대한 적확한 표현'을 찾는다.

1-1

《보스토크》를 보면서 내가 행복했던 것은 그 때문이다.
내가 훌륭한 무엇을 보았고 좋은 무엇을 느꼈다는 사실을
문자 없이 대체 어떻게 공유할 수 있을까(혹은 나 스스로에게
납득시킬 수 있을까), 라는 생각을 《보스토크》를 보면서
참 자주 했다. 나는 이 책 속에 나열된 문자들이 마치 내
시신경처럼 느껴질 때가 있다. 최고의 시신경을 가진 사람이
되어 정말 좋은 심미안으로 작품들을 감상하는 기분.
읽고 있지만, 보고 있다는 감각.

4

나는 매사에 문자가 필요하다.
영화를 보고 나서도 문자가 필요하다.
감독의 인터뷰를 찾아보거나, 영화평론가의 리뷰를 검색해야
한다. 그 의견에 동의하거나 반대하면서 내가 본 영화에 대한
감상을 실체화하고 정돈할 수 있다.
노래를 부르는 일에도 문자가 필요하다. 악기를 연주하는
일에도 필요하다. 심지어 책을 읽을 때도 문자가 추가적으로
필요하다.
나는 시를 읽으며 해설이 필요하다. 에필로그도 필요하고,
프롤로그도 필요하고, 옮긴이의 말도 필요하고, 추천사도

필요하다.

나는 연애를 할 때도 문자가 필요하다. 상대를 얼마나
사랑하는지, 어디가 예쁜지 일일이 표현해야 한다. 미용실에
가서도 문자가 필요하다. 내가 원하는 스타일을 위해
정확한 문자가 동원되어야 한다. 그 밖에도 유튜버가 자신의
메이크업을 설명하는 것을 완벽하게 알아듣기 위해서,
어버이날 특별히 감동을 받을 만한 메시지로 부모님의 눈가를
그렁그렁하게 만들 수 있는 카드를 쓰기 위해서도 문자가
필요하다.

5

'좋아하는데(싫어하는데) 이유가 어디 있어. 그냥 좋아하는
거(싫어하는 거)지'라는 말에 나도 적극 공감한다. 그러나
'그냥'이라는 문자만으로 나는 정말 못 살겠다.
더 많은 문자가 필요하다.

5-1

그래서 책방이라는 문자 창고 안에 앉아 있으면 안심이다,
일단은.

미래로 가지고 가야지

1

영화 〈her〉를 다시 보았다.

처음 이 영화를 보았을 때 감각적인 영상미나, 캐런 오[Karen O]의
목소리, 무엇보다 정말 OS와 연애를 하는 게 (섹스를 포함해서)
가능한지 등등 이것저것 정신이 팔려 보지 못했던 것들이
두번째 보니 보이기 시작했다.

그중에서도 가장 눈길을 끈 것은 주인공 테오도르가 다니는
회사였다. 고객이 제공한 신상 정보를 이용해 손편지를
대필해주는 회사. 손편지라고 하지만 엄밀히 말해 감쪽같이
손글씨처럼 보이는 인쇄물이라는 점이나, 자판으로 쓰는 게
아니라 목소리로 문장을 만들고 그걸 컴퓨터가 오타 하나
없이 완벽한 철자로 받아 적는다는 점 등이 적당한 미래의 한
일상으로 위화감 없이 받아들이게 해준다. 그래서 자연스럽게
대필도 미래에서나 일어나는 일이라고 치고 넘어갔던 것 같다.

그런데 이번에 다시 보니까 그게 아니었다.

대필은 미래의 일이 아니다.

2

나는 첫 연애를 중3 때 했다.

중2 크리스마스 때 동네 교회의 성탄 예배에 참석했다가
산타할아버지의 선물 같은 남자애를 발견했다. 그 뒤로 나의
교회 출석률은 100퍼센트에 가까웠다. 6개월 후에 그 애로부터
고백을 들었고 이십대 중반까지의 내 인생은 걔와 별개로
설명할 수 없게 되었다.

연애를 시작하고 나서 처음 맞은 생일날 카드를 받았다.
사랑하는 사람에게 받은 첫 메시지였다. 보물처럼 간직했다.
그 카드를 그 아이가 쓴 게 아니었다는 것을 1년이 지나서
알았다. 자기는 무척 악필이라서 자기 필체를 보고 실망할까봐
친구에게 부탁할 수밖에 없었다고, 이제 안전한 관계가 됐다고
스스로 판단했는지 먼저 나에게 고백했다.

그날 집에 와서 그 카드를 다시 열어보았다. 지금 보이는 흰
종이 위에 적힌 푸른 잉크의 글자들이 생판 남의 것이다 이거지.
어쩌면 메시지도 그 아이가 생각해낸 게 아닌 것 같기도 했다.
근데 그게 크게 화가 나거나 실망이 되거나 하진 않았다. 그냥
'이거 쓰느라 둘 다 고생했네' 뭐 이런 생각.
나는 계속 그 카드를 소중하게 간직했다.

3

작년에는 종수가 아주아주 난처한 얼굴로 나에게 이렇게
말했다.

　　- 우리 엄마 생일인데 카드에 뭐라고 쓰지?

나는 기가 막혀서 대꾸했다.

　　- 너 우리 아빠 생일 때는 아주 청산유수로 메시지
　　보내더니만 뭔 소리야.

엄살인 줄 알았는데 종수는 정말 한 줄도 적지 못하고 계속
쩔쩔맸다. 결국 내가 옆에서 멘트를 읊어주었다. 종수는 착실히
받아 적었다.
'사랑하는 엄마에게, 엄마의 ○○째 생일을 축하드려요.
자주 보지는 못해도 늘 마음은 엄마 곁에……' 나 역시 아주
청산유수가 따로 없었다. 그러나 그런 나도 정작 어버이날에
내 부모님께 카드를 쓰기 위해서 인터넷으로 '어버이날 카드
메시지 모음'을 검색해야 했다는 것!
남의 부모님한테는 청산유수가 되면서 정작 자기 부모님
앞에서 꿀 먹은 벙어리가 되는 이 이상한 병은 대체 뭐란

말인가.

4

책방에서 있었던 일이다.

한 손님이 꽤 오랫동안 구경을 했다. 그러다 무슨 무슨 달력이
아직 있느냐고 내게 물었다. 다행히 재고가 있었다. 등을
돌려 그 달력을 찾아 그녀에게 내밀었다. 내가 내민 달력을
내려다보는 그녀의 눈 속에 할 말이 많아 보였다.

　　－ 실은 저희 아버지가 암이세요. 많이 편찮으신데……
　　생신 선물로 뭘 사드려야 할지 너무 고민이 되네요.
　　이 달력, 선물로 좀…… 이상할까요.

조금씩 그렁그렁해지는 눈으로 그렇게 물으며 그녀는 쑥스럽게
웃었다.

나는 하나도 이상하지 않다고 대답했다.

　　－ 다른 책도 몇 권 같이 사서 드리고 싶어요. 조금 더
　　둘러볼게요.

다시 서가 쪽으로 몸을 돌려 이 책 저 책을 신중히 들여다보는

그녀의 옆모습을 보다가 몰래 그녀의 아버지에게 카드를 썼다.
얼굴도 모르는 당신의 생신을 진심으로 축하드린다고. 아마도
당신을 예쁘게 닮았을 따님이 지금 무척 고민하며 당신의
선물을 고르고 있다고. 선물이 마음에 드시길 바란다고. 그리고
꼭, 꼭, 건강해지셨으면 좋겠다고.

그녀가 고른 몇 권의 책과 함께 달력을 포장하면서 카드를 몰래
넣었다.
얼마 뒤 손님이 다시 책방에 찾아왔다.
놀라움과 감사가 뒤섞여 어쩔 줄 몰라 하는 그녀의 얼굴을
물끄러미 바라보면서 이런 얼굴을 계속 보고 싶다는 강렬한
욕망에 사로잡혔다.

여기 찾아오는 사람들의 얼굴을, 다 이렇게 만들어놓고 싶어.

5
대필은 미래의 일이 아니다.
난 미래에까지 가지고 가야지.

마이 리틀 북스토어

책방 주인을 힘들게 하는 단골 멘트가 여럿 있다.
그중 하나는 '책방, 어떻게 하는 거냐'는 질문이다. 질문을
던지는 사람의 태도가 대부분 무례한 데다가, 간단하게 대답할
문제가 아닌 까닭에 나를 포함한 책방 주인장들은 이 질문을
힘들어한다. 그 질문에 스트레스를 받던 스토리지북앤필름의
대표 마이크는 어느 날, 그 질문에 대한 완벽한 대답거리를
스스로 창조해버리고 말았다. 책방을 어떻게 하는 건지
알려주는 워크숍을 만든 것이다. 그때부터 '책방은 어떻게 하는
거냐'고 묻는 사람들에게 마이크는 난처해하는 대신 여유로운
미소를 띠며 이렇게 말한다고 한다.

　　― 그렇지 않아도 책방을 어떻게 하는지 알려주는
　　워크숍을 진행하고 있습니다. 그걸 들어보시는 건
　　어떨까요.

자신을 괴롭히는 질문을 아예 영업으로 승화시키는 마

사장의 잔머리는 하루 이틀에 이루어진 것이 아니다. 그는 워크숍계의 '금손'이다. 정기적으로 진행하고 있는 워크숍만 4개에다가(독립출판 제작자들이 기획부터 유통까지 단계별로 강의하는 〈리틀 프레스〉 / 독립 잡지를 만드는 과정에 대한 강의 〈메이크 매거진스〉 / 〈나만의 책 만들기 워크숍〉 / 책 만들기의 기본인 〈인디자인을 배우는 클래스〉), 틈틈이 일회성 워크숍도 연다. 그의 영업 기술에 혀를 내두르며 나도 책방을 어떻게 하는지 알려주는 워크숍 〈마이 리틀 북스토어〉의 일원이 되었다.

8개 정도의 책방 주인장들이 한 주씩 돌아가며 책방을 운영하는 나만의 노하우를 알려주는 〈마이 리틀 북스토어〉는 2016년 5월 첫발을 내딛었다. 워크숍에서는 책방 주인장들이 책방을 시작할 때 주의할 점, 책을 입고하는 방법, 정산 방법, (그토록 모두가 궁금해하는) 대략적인 수익 구조 등을 아주 열정적이고 비관적(!)으로 알려준다.

나는 '안전' 확보를 가장 강조한다. 워크숍을 듣는 참가자 대부분이 여성이기도 하고, 나 역시 책방을 준비할 때 안전 문제를 간과했기 때문이다.

 – 책방을 운영한다는 단꿈에 젖어서 이런 생각을 미처 하지 못하는 분들이 많습니다. 실은 제가 그랬습니다.

앞으로 책방을 운영하시면 정말 이상한 사람들이 많이 찾아올 겁니다. 여자 혼자 갇혀 있는 공간에서 이상한 사람을 상대하는 일은 생각보다 많이 공포스럽습니다. 호신품을 꼭 구비해두세요. CCTV를 꼭 설치하세요. 손님에게 친절해야 한다는 생각으로 무례한 손님에게 억지로 웃어주지 마세요. 불쾌할 때는 꼭 분명하게 의사를 밝히셔야 합니다. 도움이 필요하면 언제든지 저에게 연락하세요.

워크숍을 듣고 문을 연 인천의 '홍예서림'을 방문한 적이 있다.

　- 워크숍 때 하셨던 말씀, 그게 무슨 말인지 요즘 절실하게 느끼고 있어요.

이상한 남자가 통유리 너머로 온종일 자신을 주시한다며 주인장이 힘없이 미소를 지었다. 그제야 내가 CCTV 노래를 불렀던 것을 떠올렸다면서, 조만간 설치하기로 했다는 그녀에게 "그때도 말씀드렸지만, 도움이 필요하면 언제든 연락주세요"라고 말해주었다. 무슨 도움을 줄 수 있을지는 모르겠지만, 그 말만 그냥 계속했다.

'늘 무사하세요'라는 말로 자주 인사하곤 한다.

내 책방 이름이 '무사'여서 책방에 자주 오라는 장난스러운

중의법이다.

그러나 어떨 때는 그 인사가 정말 간절하다.

하는 사람도, 듣는 사람도.

+ 결국 홍예서림은 문을 닫았다. 닫기 전 나에게 이메일을 보내왔다. 그동안 감사했다고.
대외적으로는 제정난 때문이라고 말했다고 한다. 그러나 실은 '여성'의 몸으로 책방을
운영하는 일의 어려움이 더 컸던 것으로 보인다. 가슴이 아팠다.

이구아나

몇 년 전에 써둔 이야기가 있다. 제목은 '이구아나'다. 써놓고
나니 그림동화책으로 만들기에 적당해 보였다. 이 이야기를
들고 몇몇 출판사에 제안을 해보았다. 번번이 퇴짜를 맞았다.
반복적으로 퇴짜 맞는 기분은 아주 좋지 않았다. 자존감이
낮은 데다가 오기가 있는 편도 아닌 나는 '이 이야기가 되게
구리구나. ─〉 이런 이야기를 만든 나도 구린 사람이구나'라는
상당히 구린 사유의 진행을 따르면서 이야기를 조용히
컴퓨터에 처박아두었다.
책방을 열고 몇 개월인가 지나서 이 이야기가 다시 생각났다.
독립출판물! 내가 매일 입고 받고, 판매하는 독립출판물. 나도
이렇게 직접 만들면 될 일이었다. 왜 이 생각을 못했지? 서둘러
출판 등록을 준비했다. 얼마 뒤, '책방 무사'라는 출판사가
만들어졌다.

이 이야기는 나의 개인사를 바탕으로 만들어졌다. 어릴 때
겪었던 일이다. 4살인가 5살 때의 일. 밤에 자다가 깬 적이

있었다. 엄마도 없고 아빠도 없었다. 그 방에 나뿐이었다.
단칸방에 살고 있어서 방이 곧 집이었다. 방이 바깥에서 잠겨
있었다. 나는 집에 갇혔다. 엄마 아빠가 나를 버리고 도망을
갔구나. 그 방에서 탈출해야 한다고 판단했다. 방에서 나가려고
최선을 다했다. '발광을 한다'는 표현이 적절한 최선이었다.
결국 엄마가 집에서 늘 입고 있던, 엄마 냄새가 밴 빨간
스트라이프 티셔츠를 입은 채로 기절했다. 다음 날, 눈을 뜨니
엄마가 나를 내려다보고 있었다.

　　- 우리 수진이 엄마 옷을 입고 잤네? 엄마 옷이 마음에
　　들었어요?

예쁜 미소를 지으며 나를 내려다보는 엄마의 얼굴을
바라보면서, 어깨를 깨물어버리고 싶을 만큼의 분노와 다행히
내가 버려지지 않았다는 안도를 동시에 느끼면서, 나는 아무
말도 못하고 눈물만 흘렸다.
엄마는 나를 24살에 낳았다. 그럼 내가 4-5살이었을 때 엄마는
28살, 아빠는 29살. 나를 몰래 재워놓고 오붓한 심야 데이트를
즐겼을 이십대의 젊은 엄마 아빠를 자주 상상했다.
나는 진심으로 두 사람을 이해했다. 이해했는데, 이해가 끝난
일인데도 그때의 기억이 맥락 없이 떠오를 때마다, 나는 알 수

없는 서러움으로 오랫동안 조용히 울곤 했다. 그때마다 걷잡을
수 없이 엄마가 미웠다. 어른이 되고 나서도 그랬다. 나도 이런
내가 구차하고 쪼잔하게 느껴졌다.

'토끼도둑'이라는 그림 작가를 마이크에게 소개받고 한창
『이구아나』를 작업하던 어느 날. 뜬금없이 용기를 내보았다.
엄마한테 카톡으로 말을 걸었다.

    – 엄마, 내가 어렸을 때, 엄마가 집에서 맨날 입던 빨간
    줄무늬 티셔츠 입고 잠든 날 있었는데, 혹시 기억나?
    – 응, 기억나.
    – 그때 나 엄마 옷 예뻐서 입고 잔 거 아닌데.
    – 그럼?
    – 새벽에 깼는데 엄마 아빠가 없어서 나를 버리고
    도망간 줄 알고 방에서 나가려고 발악하다가 입은 거야.
    거기서 엄마 냄새가 나서.
    – 헐 ㅋㅋㅋㅋㅋ
    – …… 그때 엄마 아빠 어디 갔었어?
    – 어, 아마 아빠랑 호프집에 갔나, 그랬을걸? 우리 너
    재우고 그렇게 자주 나갔었어~ 그날 재수가 없어서
    네가 깼나보네 ㅋㅋㅋㅋ

－ ……

엄마에게는 좋은 기억이었는지 말투가 발랄해졌다. 나는 또
가만히 울었다. 괜히 이야기를 꺼냈다고 생각했다.

『이구아나』가 만들어지기까지 거의 1년이 걸렸다. 어떤 종이를
쓸지, 크기를 어떻게 할지, 몇 부를 찍을지 전부 내가 결정해야
했다. 결정 하나하나가 떨리고 막막했다. 나의 잘못된 결정으로
천여 권의 잘못 만들어진 책이 세상에 나올 수 있다고 생각하니
숨이 막혔다.
결국 모두의 고생 끝에 인쇄를 마친 책들이 상자에 담겨
서울 부모님 댁으로 배달되었다. 순식간에 거실 절반이
상자로 채워졌다. 엄마 아빠는 눈을 커다랗게 뜨고 상자들을
바라보았다.

　　－ 이게 다 뭐니?
　　－ 내가 만든 그림동화책이야, 엄마.

상자를 뜯어서 아직 온기가 있는 책 한 권을 엄마에게
건넸다. 엄마가 선 채로 책을 펼쳐 읽기 시작했다. 다 읽을
때까지 옆에서 기다리다가 '책 어때요, 예뻐요?'라고 물었다.

엄마의 얼굴이, 좀 굳어 있는 것처럼 보였다. 엄마는 "마음이 아프네"라고 말했다. 엄마의 마음이 아파서 기뻤다.

번번이 나에게 퇴짜를 놓았던 출판사들은 현명했다. 아직도 『이구아나』는 집을 지을 수 있을 정도로 재고가 쌓여 있다. 그러나 책방을 운영하면서 가장 잘한 일이 있다면 아마도 내 손으로 『이구아나』를 만든 일일 것이다. 나는 28살의 엄마와 화해하는 데 성공했다.

책, 이게 뭐라고

책방에 어떤 손님이 무척 머뭇거리고 조심스러워하면서 들어왔다. 회사에 먼저 연락을 드리기는 했는데, 아무리 기다려도 답장이 오지 않아서 예의가 아닌 줄 알면서 나를 보러 책방으로 찾아온 것을 용서해달라며 연신 머리를 조아렸다. 어떤 일로 연락을 주셨는지 묻자 '팟캐스트 진행 섭외' 때문이라는 대답이 돌아왔다. 나는 근처 카페에서 자세한 얘기를 나누자며, 좀 심하다 싶게 쑥스러워하는 그녀를 괜찮다, 괜찮다 달래는 느낌으로 데리고 나왔다.

이상하게 낯이 익었다. 가까이서 보니 더욱 그랬다. 나란히 걸어가며, 혹시 우리가 예전에 만난 적이 있었는지 물었다. 그러자 그녀가 아주아주 의미심장하게 고개를 끄덕였다.

- 저, 실은 예전에 홍대에서 카페를 했었는데, 요조 씨가 자주 오셨었어요.
- 정말요? 카페 이름이 뭐였는데요?
- 저…… '아일'이라고…….

그 자리에 멈춰 서버렸다. 반가운 마음에 그녀를 와락 껴안고
싶으면서도 이대로 뒤돌아 원서동 고갯길을 따라 막 도망치고
싶었다.

모든 것이 기억났다.
내가 이십대 후반일 때, '감싸롱'이라는 수제버거집 뒤편 후미진
골목 끝에 비밀스럽게 있었던 카페. 출입문을 열 때의 느낌,
바닥에 세워진 빈 와인 병들, 화장실로 걸어가던 복도, 커피,
와인, 요리, 그걸 같이 먹고 마셨던 친구들…… 그리고 무엇보다,
옛 애인.
거기서 옛 애인과 비밀스러운 연애를 하며 내가 보였던
어쭙잖은 교태도, 정말 하나도 멋지지 않았던 남자에게 차여
힘들어하던 친구와 와인 잔을 부딪치며 나누던 우정(술주정)도,
그 밖에 내가 기억하지 못하는 나의 (우리가 보통 진상 짓이라고
칭하는 그런) 모습들을 그녀는 똑똑히 기억하고 있으리라.
그녀의 이 도가 지나친 쑥스러움은 '다 기억하고 있음'에서
연유한 것이리라.
우리는 무슨 천하제일 머리 조아리기 대회라도 나간
사람들처럼 테이블에 마주앉아 경쟁적으로 머리를 조아렸다.
'그때 여러 가지로 정말 감사했고…… 그냥 죄송하고……' 그런
말이 시도 때도 없이, 팟캐스트 얘기를 나누다가도 불쑥불쑥

나왔다. 두 손으로 연신 얼굴을 감쌌다.

그렇게 그녀와 직장 동료(!)가 되었다.

〈책, 이게 뭐라고〉라는 팟캐스트를 전 JTBC 기자 김관과

진행했다. 1년 후, 김관이 유학을 간 뒤로는 장강명 작가님과

함께 이어가고 있다.

책방을 운영하다가 내 추억의 한 페이지를 기억하는 사람과

일하는 날이 오다니. 〈빨간 책방〉과 〈라디오 책다방〉과 〈문학

이야기〉…… 독서 팟캐스트를 들으며 하루를 보내던 내가 그

독서 팟캐스트의 진행자가 되는 날이 오다니.

초반에 그토록 머리를 조아리던 그녀를 나는 팀장님이라고

불렀다. 1년 반이 지난 지금 그녀에게 배운 것도, 앞으로 배워야

할 것도 많아 사부님이라고 부른다. 이혜연이라는 사람에게

느끼는 고마움이 복리처럼 쌓여간다. 이 이자를 어느 세월에 다

갚을 수 있을지 모르겠다.

서울국제도서전

2017 서울국제도서전 홍보대사가 되었다. 정유정 작가님, 유시민 작가님과 함께하는 것이다. 내 얼굴이 포스터가 되고 비닐 백에 프린팅 되고 전시장 곳곳에 크게 달렸다. 유시민 작가님과 정유정 작가님과 나란히 내가 있다! 묻어간다는 게 이런 거구나. 영원히 이렇게 훌륭한 사람들 틈에 묻어 다니고 싶다.

너무 신이 나서 마음이 덩실거리던 늦은 오후에 희정 언니가 도서전에 찾아왔다. 기억력이 좋은 희정 언니는 내가 옛날에 했던 말들을 귀신같이 기억하고 있다가 종종 알려주는 버릇이 있다. 추억에 대한 책임감이 엄청나게 강한 사람이다. 어쩐지 이상하게 감개무량한 표정으로 나타난 언니는 나를 보자마자 말했다.

　－ 수진아, 기억나니? 우리 해마다 국제도서전에 왔었잖아. 그때 네가 뭐라고 했는지 알아? 언젠가 국제도서전 홍보대사가 되고 싶다고 했어. 근데 지금 봐라, 정말 됐다?

내가 그런 말을 했다는 것도 까맣게 잊고 있었다. 나는 벙벙한 채 언니에게 계속 물어보았다.

　　　－ 뭐야, 그럼 꿈이 이루어진 거야? 나도 모르게?

천장에 펄럭거리는 커다란 내 모습을 입을 벌리고 한참 바라보았다.

꿈은 반대

주연 씨가 책방에 왔다. 주연 씨는 한 달에 한 번꼴로 책방에
온다. 올 때마다 이것저것 한 아름 싸들고 와서, 책을 한 아름
사들고 가는 다정한 단골손님이다.

오늘은 베이글을 사왔다. 다양한 베이글과 다양한 크림치즈,
딱 보기에도 그냥 아무데나 들른 것이 아니라, 굳이 나를
위해서 시간을 더 내서 챙겨온 게 분명해 보였다. 마침 책방에는
고등학교 동창 위아래도 놀러 와 있었고, 단골 몇 분이 계셨다.
나는 커피를 내려서 베이글을 사람들에게 조금씩 나누어
대접했다.

– 여기 이분께서 사온 베이글이에요.

– 우와~ 고맙습니다.

이럴 땐 책방이 넓지 않아서 참 좋다. 다람쥐같이 베이글을 나눠
먹고 한숨 돌리며 주연 씨가 입을 열었다.

- 어제 꿈에 요조님이 나왔어요.

- 그래요?

- 네, 어제 꿈에 무사에 왔더니 요조님이 침울한 얼굴로 장사가 너무 안 돼서 가게를 정리하신다고…….

- 그거 예지몽인가?

- 아무튼 그래서 제가 안 된다고 엄청 생떼를 썼어요. 여기 오는 게 유일한 낙인데 없어지면 안 돼요!

그렇지 않아도 바로 전날 스토리지북앤필름에서 가졌던 워크숍에서, 어떤 분이 직접적으로 책방 수익을 여쭤보길래 '수익은 별로 없다'고 쓸쓸하게 대답했었는데. 그런 꿈을 꾸어준 게 괜히 감사하다. 꿈은 반대라는 말을 굳이 굵은 글자로 떠올려본다.

원더우먼 페스티벌

하다보니 몇 번의 강연을 했다. 다 얼렁뚱땅했다.

맨 처음은 〈청춘 페스티벌〉이었다. 섭외 요청을 받았을 때
많이 망설였다. 인생 선배로서 청춘에게 알려주고 싶은 대단한
메시지가 있는 것도 아니었고, 내가 그런 자격이 있는 사람도
아니라고 생각했고, 무엇보다 많은 사람들 앞에서 혼자 40여
분을 말한다는 게 말이 안 됐다. 대체 40분 동안 무슨 말을
한다는 것인가?

그러나 결국 수락했다. 가장 결정적 이유는 돈이었다. 정확히
기억나지는 않지만 그때 당시 내가 받았던 평균의 개런티를
넘어서는 큰 금액이 내 앞으로 책정되어 있었다. 지금도
마찬가지지만 그때도 나는 돈이 좋았고, 돈이 필요했다.

일단 속물적 입장으로 받아들였지만 이왕 이렇게 된 거 내가
인생에서 느낀 유일한 교훈을 허심탄회하게 전달하리라
다짐했다. 다짐이 너무 지나쳤던 것이 탈이라면 탈이었다.
강연을 마치고 무대를 내려오는데 어떤 후련함이 느껴졌다.

뭔가 강연을 무사히 잘 마쳤다는 후련함이 아니라 그냥 한바탕 신나게 잘 울고 난 뒤에 느껴지는 후련함에 가까웠다. 이렇게 말도 제대로 못하고 아마추어처럼 눈물 바람이나 할 거라면 두 번 다시 강연은 하지 않는 게 좋겠다고 생각했다.

그런데 그 영상이 SNS를 통해 많은 사람들 사이에서 회자되었다. 하필이면 날도 더웠는데 시꺼먼 교주 같은 옷을 입고 땀을 뻘뻘 흘리고 눈물도 줄줄 흘렸던 내 모습이 그토록 많은 사람들 사이를 돌아다닌다는 게 불편했다. 그것보다 나를 불편하게 했던 것은 그때 말한 내 이야기가 누군가에게 상처가 되었을지도 모른다는 사실이었다. '우리는 모두 언제 죽을지 모르므로 오늘 먹고 싶은 아이스 아메리카노를 참지 말자'는 이야기가 현실적으로 정말 참지 않으면 안 되는 누군가에게 박탈감으로 전달되었을까봐 겁이 났다.

나중에 〈청춘 페스티벌〉에서 다시 강연 요청이 왔을 때는 고민이 없었다. 꼭 하고 싶었던 말이 있었다. 그래서 무대에 올라가 정신없이 그 말을 했다. 그때의 내 이야기에 혹시라도 상처받는 사람들이 없었으면 좋겠다고, 동생의 죽음이라는 개인의 경험으로 깨달은 나만의 교훈일 뿐 결코 만인에게 정답이 될 수 없으며, 내가 그것을 강요할 자격 또한 없다고. 그 말을 하는 데 어느새 15분이 지나 있었다.

그 뒤로는 '먼지 예찬'을 했던 것으로 기억한다. 마침 내가 2집

〈나의 쓸모〉를 만든 지 얼마 되지 않았을 때였다. 2집 작업을 하면서 내가 그다지 한국 음악 신scene에서 별로 쓸모가 없는 존재임을 깨달았는데, 거기서 묘하게 자유로움을 느꼈다고, 우리 모두 쓸모없는 먼지가 되어 자유롭게 우주를 떠다녀보지 않겠느냐는 쓸모없는 말을 하고 내려왔다.

그런데 그게 아예 쓸모없지는 않았던 모양인지 그다음 해 〈청춘 페스티벌〉의 주제가 '우주 왕먼지'가 되었다. 결정적 영감을 주셨으니 올해도 와주셔야 하지 않겠느냐는 〈청춘 페스티벌〉의 세번째 제안을 나는 뿌리치지 못했다.

그리고 시간이 흘러 2016년의 9월에 나는 〈원더우먼 페스티벌〉의 강연을 앞두고 있었다. 〈원더우먼 페스티벌〉에서 무슨 이야기를 하면 좋을까, 대략의 가이드라인을 짜기 위해 스태프들이 책방으로 찾아왔다. 모두 여자였다. 책방에 둘러앉아 이런저런 이야기를 나눴다. 초롱초롱한 눈으로 나를 바라보는 스태프 뒤쪽으로는 내가 데려온 책들이 다소곳이 책장에 꽂혀 있었다. 그렇다. 다 내가 데려온 것들. 나는 책들과 눈을 잠깐 맞추고 있었다. 불현듯 내가 해야 할 일이 뭔지 깨달았다.

— 저는 책방 주인이니까요. 거기서 책을 팔겠습니다.

그날 나는 내가 읽었던 페미니즘 도서 몇 권을 내 옆에 쌓아두고, 멋있는 핀마이크를 차고 (나는 그렇게 핀마이크가 멋있다) 그곳에 모인 사람들에게 책을 팔았다. 그리고 돈 대신 다른 것을 받았다. 여러분들의 소지품 중에서 쓸모 있는 것을 달라고 했다. 생리대도 좋아요. 물티슈도 좋고요. 매니큐어는 잘 안 바르지만 주신다면 바를게요.
가져간 책들을 모두 팔았다. 나는 생리대도 벌고, 사과도 벌고, 막대 사탕도 머리핀도 벌었다.

책방에 찾아왔던 스태프 중 한 명이 '요조 씨가 생각하는 원더우먼은 무엇이냐'고 물었었다. 나는 이미 모든 여성들에게 '원더'라는 것이 들어 있지 않느냐고 대답했다. 강의(책 장사)가 끝나고 내 책들을 구매해준 '원더'들과 무대 뒤에서 함께 단체 사진을 찍었다.

제주 서귀포시 성산읍 수산리. 간판이 일부만 떨어져나간 나지막한
제주의 옛 건물이 있다. 누군가 귀띔해주지 않는다면 그곳이 책방인
줄 모르고 지나갈 법한 공간. 바로 책방 무사다.

서울에서의 무사를 관심 있게 지켜본 이들이라면 기억할 것이다.
작은 책방 위에 시간을 머금고 남아 있던 낡은 미용실 간판을. 책방
앞 '시인의 의자'에 앉아 두런두런 이야기 나누던 할머니들을. 그
마음이, 시간이 얼마나 나직하게 소곤거리는지를. 도시의 소란을 벗고
서가에 꽂힌 책들을 매만지며 마음에 드는 책을 고르는 일이 얼마나
애틋한지를. 그리고 그 공간이 그 자리에서 사라졌을 때, 거대한
물결은 아니지만 분명한 파동이 무사를 사랑하던 이들
마음속에 일었으리라.

책방 무사는 자리를 옮겨 제주에서 다시 문을 열었다. 무사를 아꼈던
사람들의 시간이 고스란히 그곳으로 옮겨갔다. 오래된 제주의 집을

수리한, 지난 시절의 간판조차 떼어내지 않은 공간이다. 이는 오래된 세월을 증명하는 낡은 건물에 대한 나의 애착이다. 서울 계동에서 책방 무사를 운영할 때도 외관과 간판을 거의 건드리지 않았던 나는 제주에서도 같은 이유로 지금의 공간을 선택했다. 지난 세월을 증명하는 듯한 모습. (한)아름상회가 오랫동안 수산리의 친목을 책임지는 아주 중요한 장소였다는 점도 내 마음을 기울게 했다. 마을 사람들의 정이 켜켜이 담겨 있는 곳을 그대로 더 지켜나가고 싶었다.

지금의 위치에 책방을 열게 된 또다른 이유도 있다. 사실 현재 건물 이전에 책방으로 점찍어두고 공사까지 조금 진행하던 공간이 있었다. 마찬가지로 오래된 건물이었고 2층짜리 건물의 2층이었다. 1층에는 할머니께서 점빵(동네에 있는 조그마한 구멍가게)을 운영하고 있었다. 그런데 별생각 없이 오픈 전부터 이 사실을 공개했더니 그 일대가 약간 술렁거리기 시작했다. 건물 1층에는 갑자기 편의점이 들어섰고, 그 외에도 이런저런 문제가 일어났다. 결국 그 공간을 포기할 수밖에 없었다.

나는 책방으로 인해 동네가 북적이고 시끄러워지는 것을 원치 않는다. 서울에서 무사를 운영할 때부터 고집해온 부분이기도 하다. 어쩔 수 없이 나의 자그마한 인지도가 작용할 수밖에 없겠지만, 나는 최대한 책방 무사가 조용한 분위기 안에서 운동하기를 원한다. 무사에 일부러 발걸음하는 사람들이 차분하고 충만한 시간을 보내기를 바란다. 그런 걱정과 문제로부터 조금은 안전한 곳을 다시 찾아 나섰고, 자리를 잡은 곳이 지금의 성산읍 수산리다.

서울에서 제주로 책방을 옮긴 뒤, 제주의 여러 매체에서 섭외를 받으면서도 대부분 거절했던 것도 이 때문이다. 섭외에 응하지 못해 미안한 마음도 컸지만, 공간과 운영에 대한 신념을 지키려다보니 어쩔 수 없었다. 나라는 사람이 제주를 대표하고 싶은 마음도 없거니와, 최대한 조용하게 할 일을 하는 것이 내가 믿는 책방의 모습을 일구는 방법이라고 생각한다.

무사라는 공간이 절대 시끄러워지면 안 된다는 것. 또 힘들지만 돈에 너무 연연하지 않도록 노력하는 것. 앞으로도 이 두 가지만은 꼭 지키고 싶다.

||||

이렇게 다시 문을 연 책방 무사에는 서울 계동 시절과는 조금 다른 점도 생겼다. 제주라는 지역적 특성상 (그리고 책방 주변에 별게 없다보니) 오가다 들르는 손님보다는 작정하고 책방을 찾아오는 손님의 비중이 훨씬 커졌다. 명절을 비롯한 연휴 때는 손님의 대부분이 가족 단위다. 제주에 살고 계시는 할머니, 할아버지를 뵈러 온 육지의 가족들이 우르르 들이닥치는 것이다.

아무래도 여행자가 많은 곳이다보니 처음부터 '단골손님'에 대한 기대는 하지 않았다. 하지만 놀랍게도 자주 얼굴을 비추는 손님들이 생겼다. 제주에 사는 손님뿐만 아니라 서울에서부터 단골이었던 손님들이 짬을 내서 찾아와주는 것은 너무나도 감사한 일이다.

도서 라인업 선정과 진열 과정에도 그런
손님들의 특성을 반영하게 됐다.
쉽게 발걸음할 수 있는 책방이 아니다보니 아무래도 다른 서점에서
쉽게 발견할 수 있는 책은 지양한다. 대중적으로 많은 사랑을 받고
있는 베스트셀러, 스테디셀러보다는 아쉽게도 주목받지 못했던 좋은
책들을 많이 이끌어내고 싶다는 바람 때문이다.
물론 그런 큐레이팅을 어려워하는 손님들도 있다. 몇몇 손님들은
모르는 책밖에 없어서 책을 고르지 못하겠다며 어려움을 표하기도
한다. 그런 손님들을 고려해 중간중간 비교적 진입장벽이
낮은 책들을 함께 진열한다.

제주 책방 무사에서는 필름카메라도 판매한다.
이는 순전히 이종수로 인해 시작됐다. 워낙 필름카메라를 좋아해서
카메라를 구하고 사진 찍는 일을 즐겨온 이종수는 제주에 온 뒤로는
물 만난 듯 사진을 찍었다. 처음에는 별 기대 없이 가지고 있던

필름카메라 몇 대를 두고 판매를 시작했다가 반응이 좋아서 지금은 본격적으로 하고 있다. 판매용 카메라를 구하는 일은 전부 이종수의 몫이다.

책방을 쉬는 날에는 두 사람이 함께 카메라를 들고 여기저기 다니면서 테스트 사진을 찍는다. SNS에 업로드하는 사진에는 이종수의 사진과 요조의 사진이 섞여 있다.

무사 계정에 올라오는 제주의 풍경들을 보는 사람들은 쉽게 제주에서의 삶, 그리고 책방 주인의 삶이 무척이나 여유로우리라 판단해버리기도 한다. 하지만 책방 운영은 생각만큼 녹록하지 않다. 밖에서 보는 것만큼 한가로운 일이 아니다. 읽고 고르고 주문하고 정리하고 소개하는 모든 과정에 주인의 손길이 닿는다.

책방은 '나'의 시간을 필요로 한다.

제주도로 이주해 자영업을 시작한 사람들 중 제주도가 좋아서 왔지만 막상 가게 안에서 대부분의 시간을 보내기 때문에 제주를 잘 느끼지 못한다고 이야기하는 이들이 있다. 책방 역시 그러하다. 손님들과 약속된 시간에는 꼭 문을 열고 온종일 공간을 지키고 있어야 하는 게 책방 주인의 역할이다. 그러다보니 벌써 몇 년째 제주에 살며 일하는 나 역시 제주를 속속들이 알지는 못한다.

매번 오가는 곳만 다니게 되는 일상 속, 책방이 쉬는 날 여기저기 오가며 필름카메라를 테스트하는 시간은 그래서 더욱 특별하고 반짝여 보이는지도 모른다.

사실 온종일 책방에 머무르는 날에도 온전히 일에 집중하기 힘든
경우가 많다. 약속을 잡지 않은 뜻밖의 지인들이 찾아오는 일도 잦다.
갑작스레 방문한 이들과 함께 저녁까지 먹고 나면 하루가 다 간다.
그래서 일이 쌓여 있는 날에는 이종수만 출근해서 책방을 돌본다.
나는 근처 카페에 가서 밀린 일을 마구 처리하고
퇴근 무렵 다시 만난다.
그럼에도 나는 갑작스러운 방문을 즐거운 마음으로 맞이하고 있다.
나 또한 서울에서 지냈을 때 비슷한 경험을 해봤기 때문이다. '무작정
찾아가면 좋아하겠지! 나랑 놀아주겠지!' 그런 마음으로 멀리 사는
친구들한테 불쑥 찾아가곤 했다. 귀찮고 피곤했을 텐데도 불구하고,
모두가 나를 반가이 맞아주고 시간을 보내주었으며 행복한 기억을
만들어줬다. 돌이켜보니 내 자신이 민폐를 끼쳤구나 싶어 민망하고
미안하고 고마웠다. 그 마음을 너무 잘 알기에 책방을 찾아온
지인들과 즐겁게 하루를 보낸다. 그러다 업무가 너무 밀려버리면 또
잠시 피신해 일을 잘 마치면 그뿐이다.

책방 주인으로서 고심해야 하는 부분은 또 있다. 워크숍이다. 이제는
작은 책방의 대명사 같기도 한 워크숍은, 책방을 유지하기 위한 고정
수입이 되어주기에 다양한 방면으로 진화하며
작은 책방에 특색을 더하고 있다.

워크숍 기획과 운영에 대한 고민은 나에게도 있다. 서울에서는 마음
맞는 이들과 함께 〈돈맥경화 치료 간담회〉를 열었다. 제주에 와서는
이종수가 필름카메라 워크숍을 진행했다.

나는 워크숍을 꼭 해야 한다는 부담감보다는 재미있는 일을 펼치고
싶다는 마음이 더 크다. 이런저런 워크숍을 열고 싶고, 워크숍뿐만
아니라 책방에서 이것저것 해보고 싶은 일이 많다.

그런데 노래도 불러야 하고 글도 써야 하고…… 대체로 머릿속에 글
아니면 노래가 꽉꽉 차 있어서 좀처럼 여유가 나질 않는다.

나는 책방 창업을 준비하는 사람들에게 책방 역시 돈이 중요해지는 일이라는 것을 잊지 말라고 말한다. 책방에 꼭 CCTV를 설치하라는 조언도 건넨다. 그 말들은 지난 몇 년간 내가 책방에서 어떤 고민을 하고, 어떤 어려움을 겪으며 이겨내고자 노력했는지를 짐작하게 한다.

그 모진 시간을 견디며, 나는 변했다. 스스로 끝이 많이 물러졌다는 것을 느낀다.

예전의 나는 굉장히 뾰족한 사람이었다. 기본적으로 인간에 대한 혐오가 많았고, 그것을 굳이 감추려 하지 않았다. 그래서 어떤 문제가 생기면 '난 이해할 수 없어. 정말 저들이 싫군'에서 끝나곤 했다. 그런데 지금은 다르다. 그보다 조금 더 나아가는 상태가 됐다. '난 이해할 수 없어. 그러나 저들을 섣불리 싫어할 수는 없어. 내가 모르는 사정이 있을지도 모르니까. 조금 더 들어보자. 조금 더 생각해보자.' 책방을 운영하기 전과 후 달라진 면이다.

어떤 시간과 공간을 통해 한 사람이 변화하는 일. 그것은 비단 책방 주인인 나에게만 국한되지는 않을 것이다. 그곳을 찾아와 무사의 시간을 보내는 이들에게도, 아주 작은 틈과 움직임이 생겼을 것이다. 작은 책방을 주로 찾아오는 손님 층인 이삼십대 여성뿐만 아니라, 어쩌면 지금 책방 무사의 문을 열고 들어오는 아이들에게도 그러할 것이다.

수산초등학교가 책방 가까이 있는 까닭인지, 유독 무사의 풍경에는 동네 어린이들이 여럿 찾아와 놀이터에서처럼 시간을 보내는 장면이 많다. 나 역시 예전에는 느끼지 못했던 책임감 같은 것을 느끼기 시작했다. 대단한 영향력은 없겠지만, 내가 조금이라도 아이들에게 어떤 영향을 줄 수도 있다는 생각이 들었다.

이를테면 책방 무사에 남자끼리 뽀뽀하는 그림을 보고 불편해하는 아이가 있을 때, 그건 이상한 게 아니라고 말해주는 것. 책방 앞에서 담배를 피우는 여성을 보고 불편해하는 아이가 있을 때, 담배는 건강에 좋지 않다는 것과 그러나 여성이라고 해서 밖에서 담배를 피우면 안 되는 것은 아니라는 것을 동시에 알려주는 것. 그런 것이다.

페미니즘과 인권을 공부할수록 점점 교육이라는 것이 중요하다는 점을 느낀다. 그러다보니 아이들 앞에서는 더욱 의식적으로 행동하게 된다. 특히 여자아이들한테는 더 많은 이야기를 해주게 된다.

그러한 관계 속에서 나와 무사의 손님들은 서로 자그마한 영향을 주고받고, 새로운 생각을 마음에 품는다. 훗날 그들에게, 무사는 어떤 공간으로 기억될까.

나는 책방 무사가 손님들에게 '정답'이 있는 공간으로 기억되기를 바란다. 뭐라도 고민이 생길 때마다 '무사에 가면 정답이 있을 거야'라고 생각하게 되는. 그 정답이 책이든 공간 자체이든 아니면 책방 주인이든, 상관없다. 무사를 찾는 손님들에게 도움이 되고 싶다. 그런 바람으로 책방 무사는 오늘도 오늘만큼의 시간을 머금고 변화하며 자기만의 길을 걸어가고 있다.

이유는 사람

'무사'를 제주도로 가져가기로 했다. 제주에서 살게 되면서
자연스럽게 나온 결론이었다. 내가 살 곳이 제주도가 된다면,
책방도 당연히 그래야만 한다고.

이제 와서 하는 고백이지만, 처음에는 책방을 오래 할 생각이
없었다. 조금씩 조금씩 '내가 생각했던 건 이게 아닌데'라는
의심이 시작되다가, 4개월 정도 되었을 때 내 안의 누군가가
도저히 못하겠다고 선언해버렸다.

이유는 사람이었다.
세상에는 정말 다양한 사람들이 있었다.
이상하고, 무섭고, 무례하고, 제멋대로인 사람들.
술집이나 도박장이나 으슥한 밤거리에만 존재할 것 같은
사람들이 책방에도 왔다.

모자와 마스크로 얼굴을 가린 채 책방 앞에서 어슬렁거리던

남자가 있었다. 무서운 얼굴로 자기가 난독증이니 자기에게 책을 이해시켜달라고 부탁하던 남자도 있었다. 한 달 책방 수입이 얼마나 되느냐고, 여기 월세는 얼마냐고, 자기도 책방을 할 생각이니 도움을 달라고 들어오자마자 다짜고짜 공세를 펼치는 사람들도 있었다.

코앞에서 나를 손가락으로 가리키며 일행들에게 "여기 요조가 정말 앉아 있으니 사진을 찍으라"고 외치는 사람이 있었고, "〈김제동의 톡투유〉에 나오는 처자구먼, 커피 좀 타와봐"라고 말하던 등산복을 입고 오신 나이 지긋한 분들이 계셨고, "사진 찍어도 돼요?"라고 물어보며 내가 무슨 대답을 하기도 전에 나를 찍느라 정신없는 사람이 있었다. 지난번에 왔을 때 왜 없었느냐, 지난번에 왔을 때 왜 문을 열지 않았느냐, 왜 이렇게 영업시간이 얼마 되지 않느냐며 나를 나무라는 사람들이 있었고, 회사를 통해 정식으로 진행시켜야 하는 일들을 책방으로 와서 나와 바로 해결하려는 사람들이 있었다.

나는 그런 사람들에게 얼굴을 붉혔고, 불쾌를 드러냈다. 차를 내오라는 아저씨들이 다시 찾아왔을 때는 그들이 갈 때까지 화장실에 숨어 있었다. 출근길이 두려울 때가 잦아지고, 종수는 서둘러 책방에 CCTV를 설치했다.

나는 너무 순진했다. 인간상이 이토록 (좋지 않은 의미로)

다양할 줄 몰랐다. 그만큼 내가 세상에 무지했다는 것이고, 나이를 헛먹은 것이겠다. 결국 스트레스를 극복하지 못하고 병원에 다녔을 때, 종수가 책방을 그만두자고 얘기했다. 막말로 돈을 벌고 있는 것도 아닌데 이렇게 스트레스를 받아가며 힘들게 할 필요는 없다고.

그만두고 싶은 마음이야 내가 더 굴뚝이었다. 그러나 그만둘 수는 없었다. 그럴 이유가 있었다. 책방을 열고 나서 인터뷰를 많이 했다. 심각하게 많이 했다. 아마 지금까지 뮤지션으로서 해온 인터뷰를 합친 것보다 책방 주인으로 한 인터뷰가 많을 것이다. 거기서 온갖 멋진 척을 다했다. 그래놓고 몇 개월 만에 책방을 접는다? 쪽팔려서 그럴 순 없었다.

침대에 온종일 누워서 천장과 회의를 했다. 결심했다. 이 공간의 계약 기간 2년이 끝날 때까지만 정말 최선을 다하리라. 그러고 나서 미련 없이 이 짓을 그만두리라. 심각한 결정을 앞둔 사람들이 자주 써먹는 표현을 나도 스스로에게 썼다.

'2년 동안 죽었다고 생각하자.'

최선을 다했다. 2년만 하고 그만두겠다고 결단을 내리자 억지로가 아니라 자연스럽게 그렇게 됐다. 그리고 1년이 채 되기도 전에 애초의 계획이 수정되었다.

나는 책방을 계속하기로 했다. 할 수 있을 때까지 계속하기로
했다.

이유는 마찬가지로 사람이었다.

세상에는 정말 다양한 사람들이 있었다.

멋지고, 다정하고, 고맙고, 배려할 줄 아는 사람들.

고맙게도 내 책방에 그런 사람들이 찾아와주었다.

저 멀리 전라북도 남원에서 심심하면 찾아와주시는 훌륭한
운동인, '사랑 태권도'의 강사랑 관장님, 일주일에 한 번은
놀러 와 온종일 놀다 가는, '책방 무사'와 만화 『원피스』를
사랑하는 지웅 씨, 매달 근사한 꽃과 식물을 전해주고 틈틈이
놀러 와 달콤한 수다를 시전해주는 '꽃집 수다'의 은정 씨.
이런저런 진지한 얘기를 나누다 돌아가는 것을 좋아하는 준식,
일하는 카페에서 원두를 종종 챙겨오는 나의 오랜 팬 슬기,
잊을 만하면 놀러 와 책을 한 아름 사주던 은혜 씨, 무사가 삶의
낙이라며 올 때마다 행복해하던 주연 씨, '내가 싫어하는 줄
알지만 준비했어요'라며 꿋꿋하게 선물을 자꾸 보내는 소라 씨,
무사의 책 큐레이팅을 인정해주는 문학청년 정년 군, 내가 없을
때에도 꾸준히 책방을 잊지 않고 찾아와주던 강희영 센터장님,
〈돈맥경화 치료 간담회〉라는 훌륭한 워크숍을 1년 동안 쉼 없이
해온 박미정 소장님과 천준아 편집장님, 꼬박꼬박 책방에 들러

책을 사준 지 아주 오래 지나서야 겨우 이름을 알게 된 윤성 씨,
후다닥 찾아와 후다닥 필요한 책만 사서 가버리는 밧티끄 님,
종종 책배달하는 재미를 알려주셨던 동네커피 사장님, 꾸준히
찾아오던 지석 씨, 그리고 지석 씨와 느낌이 너무 비슷해 내가
자꾸 지석 씨라 불렀던 지석 씨가 아닌 분, 그리고 내가 미처
지금 생각하지 못한 얼굴, 생각은 나지만 이름을 몰라 부를 수
없는 얼굴들……
그 얼굴들을 계속 보면서 살고 싶다는 생각이 들었다.

나를 괴롭히던 사람들이 갑자기 발길을 끊은 것은 아니다.
무례한 사람들은 여전히 찾아온다. 다만 그때마다 똑같이
온몸으로 불쾌함을 드러내는 데 급급하던 미숙한 나는 어느새
평온한 표정으로 예의를 갖춰 '지금 무례한 행동을 하고
계신다'고 말할 줄 아는, 조금은 '기술'을 갖춘 사람이 되었다.
이렇게…… 사장님이 되는 것일까?

언젠가 누가 지나치듯 '무사'는 제주도 사투리로 '왜'라는
뜻이라고 운명 같은 말을 했었다. 제주에서 매일 '왜'를 물으며
책을 건네는 것도,
'무사'를 빌며 책을 건네는 것도,
나는 이제 준비된 것 같다.

오늘, 요조의 서가

『목사 아들 게이』

나미푸, 더즌, 샌더, 유민, 향록 지음, 햇빛 총서

이제는 〈퀴어 퍼레이드〉를 즐길 때 놓쳐서는 안 되는 포인트로 반대
집회 현장을 꼽아야 하는 게 아닐까 생각하고 있다. 재작년엔가
책방을 지인에게 맡기고 달려 나갔던 〈퀴어 퍼레이드〉 때, 일부 기독교
단체가 보여주었던 퍼포먼스는 정말 굉장했다.
목회자를 아버지로 둔 다섯 명의 게이의 허심탄회한 인터뷰집인 이
책을 읽으면서 갑자기 그날이 떠올랐다. 잊히지 않는 어떤 장면이
있다. 한복을 맞춰 입은 자매님들이 열심으로 추던 부채춤.
부채를 동시에 착! 펼치고 가지런히 끝을 이어 모아 만들던 원. 곱고
어여쁘게 빙글빙글 돌아가던 혐오의 원.
이 사람들, 그 원 안에서 살아내느라 얼마나 힘들었을까.
시종일관 농담을 던지고 낄낄거리는 가벼운 대화를 읽어 내려가며
나는 계속 마음이 답답해 혼났다.

『남창 일기』

아키라 더 허슬러 지음, 이승훈 옮김, 햇빛 총서

빛줄기를 보았다.

내가 사는 세계에는 사랑이 가득하다. 가득해서 어두울 지경이다.

범람하고 난무하는 사랑의 나라. 거기서 살면서 사랑을 조잡스럽게

노래하는 사람인 나는 지금, 잠깐 빛줄기를 본 것이다.

나는 너무 좋아서 나도 모르게 "와……" 바보 같은 소리를 냈다.

빛줄기 같은 책을 덮고 나는 잠깐 동안 넋을 잃어보았지만, 금세 다시

나의 세계로 돌아왔다. 순순히 벌린 입을 다물었다.

게이 아티스트이자 인권 운동가, 드래그 퀸이기도 한 저자가 남창으로

살아가던 20년 전의 일기를 묶은 책이다.

『하지 않아도 나는 여자입니다』
이진송 지음, 프런티어

《계간홀로》 때부터 팬을 자처하는 나에게 이진송 작가의 모든 글은
소중하다.
그는 늘 화가 나 있고, 그러면서도 위트를 잃지 않는다. 위트를
잊어버리는 법이 없는 화난 페미니스트가 온갖 미디어를 싹싹 뒤져서
차린 푸짐한 한 상 같은 책. 늘 그랬듯 이 책도 남기는 것 없이 아주
배부르게 잘 먹었다.

『마이 버자이너』
옐토 드렌스 지음, 김명남 옮김, 동아시아

얼마 전, 서울여성가족재단 〈청년여성영상프로젝트〉 시사회 때 본
〈자밍아웃〉이라는 영화는 흥미로운 질문을 던지고 있었다. "남성들의
자위에는 '딸딸이'라는 애칭이 엄연히 있는데 여성들의 자위에는 왜

애칭이 없을까?"

그 영화의 감독이자 주인공은 엄마와 할머니, 친구들한테 무턱대고
'자위하냐'라는 질문을 던지는데, 처음에는 내가 다 얼굴이
화끈거리다가 영화가 끝나고 나서는 '자위가 뭐라고 여태껏 우리는
이 일을 쉬쉬했을까'라는 다소 '분한' 기분까지 들었다.

사실 여성의 자위까지 갈 것도 없다. 여성의 성기를 지칭하는 말부터
생리를 지칭하는 말까지, 여성의 성적 욕구와 성기에서 일어나는
자연스러운 현상도 우리는 죄다 부끄러워해야 했다.

이 책에서는 여성의 성기에 대한 모든 것을 탈탈 털기로 작정한 듯
여성 성기의 구조와 기능에서부터 성기를 둘러싼 어두운 역사와
오해까지 망라해놓았다. 직접 거울을 통해 자신의 성기를 관찰해보고
손가락을 넣어서 질과 자궁 등 성기 내부의 구조를 느껴볼 수 있도록
정말 하나하나 자세하게 여성 성기의 내외를 알려주는 부분을 읽고
있으면 저자가 남성이라는 사실을 자꾸 잊어버리게 된다.

『질문 있습니다』

김현 지음, 서랍의날씨

2016년이었다. 문예지 『21세기 문학』에 발표된 김현 시인의 「질문 있습니다」라는 칼럼.

그 칼럼을 읽으면서 심장이 뛰었었다. 잘못을 들킨 사람처럼, 이제 시작하려는 사람처럼, 겁인지 기대인지 알 수 없게 심장이 쿵쿵거리고 쾅쾅거렸다. 지금 이렇게 한국에서 '미투 운동'이 뿌리를 내리고 자랄 수 있었던 데에는, 그의 용기 있는 칼럼이 결정적 자양물의 하나로 작용했기 때문이라고 나는 믿고 있다.

이 책은 약하고 용기 있는 그의 에세이다. 약한 그와 용감한 그가 사이좋게 강 약약 중간 약약 등장한다. 나도 그와 같은 사람이 되고 싶다. 약하고 용기 있게 살아서 나에게 아름다운 상처가 많았으면 한다.

『자갈마당』

오석근, 전리해, 황인모 지음, 사월의 눈

대구시 중구 도원동에 있는 성매매 집결지 '자갈마당'에 대한
사진책이다.
예전에 읽었던 『판도라 사진 프로젝트』라는 책이 자연스럽게
떠올랐다. 용산 성매매 집결지 여성의 이야기가 담겨 있던 그 책을
읽으면서 내가 몰랐던 세상 앞에서 굉장히 허둥거렸던 기억이 난다.
자갈마당 성 노동자의 고통스러운 경험에 대한 구술이 군데군데
들어가 있지만 이미 사진만으로도 충분히 전달되는 것이 있어서 이
책을 보면서 조금 떨었다. 막바지에 작게 적혀 있는 문구를 명심하기
위해 여기에 옮겨 적는다.

'사회적으로 배제되는 모든 삶들은 연결되어 있다.
자갈마당 성매매 여성들에 대한 지원은 또다른 사회적
약자들에 대한 지원을 요구하는 것이기도 하다. 사회적
정의는 확장시켜나가야 하는 것이지 누가 누가 더
필요한가를 겨루는 것이 아니다.'

『페미니즘을 팝니다』

앤디 자이슬러 지음, 안진이 옮김, 세종서적

페미니즘은 확실히 최신 유행 아이템이라고 할 수 있는 명칭이 되었다.
무겁고 무섭고 거부감을 일으켰던 이 단어는 오늘날 우리 모두에게 더
가깝고 친근해졌다. 잘된 일이다.

다만 가끔씩 헷갈리곤 했다. 성형수술이나 다이어트는 가부장적
사회가 강요하는 미적 기준에 순응하는 것이므로 거부해야 하는
것인지 아니면 내가 원하는 내 모습을 스스로 구현하겠다는 취지로
긍정해야 하는 것인지. 메이크업과 노메이크업에 대해서는 어떻게
접근해야 할지. 내가 페미니스트라고 목소리를 높이는 일은 정말
페미니즘을 위해서인지 아니면 그냥 나 자신의 멋있어 보임을
위해서였는지. '페미니즘'이라는 이름을 달고 엄청나게 쏟아지는
상품들은 어떻게 바라보아야 할지. 이토록 페미니즘이 여기저기에
넘치니 이제 성평등은 이루어졌다고 철석같이 믿고 있는 많은
사람들에게는 뭐라고 말해주어야 좋을지.

이 책은 내가 가지고 있던 혼란을 해결해주지 않았다. 오히려 그
반대에 가깝다.

이 문장을 거듭 스스로에게 상기시키는 것으로 나는 내 몫의 혼란을
묵묵히 시작하도록 하겠다.

> '요즘 나는 페미니스트를 자처하는 사람들에게는 별로
> 관심이 없다. 대신 나는 그들이 페미니즘으로 무엇을
> 하는가를 주의 깊게 본다.'

『우리가 키스하게 놔둬요』

사포 외 지음, 황인찬 엮음, 이성옥 외 옮김, 큐큐

고대 그리스 시인 사포부터 20세기 초반까지 활동한 레즈비언, 게이,
바이섹슈얼 작가들의 시를 모은 책이다. 황인찬 시인이 엮었다.
다양한 나라의 언어들을 이성옥, 이종현, 이주환, 이주희, 정수윤,
최성웅, 최승자 번역가가 한국어로 옮겼다.
나는 비정기적으로 책방에서 비밀 큐레이팅 서비스를 하고 있다.
어떤 느낌의 책을 읽고 싶다, 혹은 이런 고민은 해결하고 싶다, 라는

주문이 들어오면 내가 알아서 책을 선정해 어떤 책인지 알려주지 않고
배송해주는 서비스이다. 얼마 전 너무 예쁘지만 힘든 사랑을 시작한
이느 커플에게 시집을 선물하고 싶다는 주문을 받고 이 책을 보냈다.
그들의 사랑에 이 책이 오래오래 닳지 않는 충전재로 쓰이기를
소망하는 마음도 함께 보냈다. 하기와라 사쿠타로의 「외로운
인격」이라는 시를 읽고 내가 남긴 짧은 메모를 덧붙인다.

'이 시를 읽으면서 껄껄 웃었다. 다른 우주에서 되게 훌륭한 내가 쓴
시인 줄 알고.'

「외로운 인격」

외로운 인격이 나의 친구를 부른다,
내가 아직 알지 못하는 친구여, 어서 오라,
여기 오래된 의자에 걸터앉아,
둘이서 나지막이 이야기하며 있자,
그 무엇도 슬퍼할 일 없이,
너와 나 고요하고 행복한 날들을 살아가자,

멀리 공원의 고요한 분수 소리를 듣고 있자,

고요히, 고요히, 둘이서 이렇게 안고 있자.

어머니에게서 아버지에게서 형제들에게서 멀리 떨어져,

어머니도 아버지도 알지 못하는

고아의 마음으로 맺어지자,

이 세상 모든 인간사 중에서도,

너와 나 둘만의 생활에 대해 이야기하자,

가난하고 기댈 데 없는, 둘만의 비밀스러운 생활에 대해,

아아, 그 말은 가을날 낙엽처럼 서둘러,

무릎 위로도 흩어져 내리는 게 아닌가.

나의 가슴은, 병에 걸린 가녀린 어린아이의 가슴과 같다.

나의 마음은 두려움에 떨며, 안타까이, 안타까이,

열정을 머금고 타오르는 것 같다.

아아 언젠가, 나는 높은 산 위에 올랐다,

가파른 비탈길을 올려다보며,

벌레처럼 동경하며 올라갔다,

산의 절정에 섰을 때, 벌레는 쓸쓸히 눈물지었다.

올려다보니 풀숲이 무성한 정상 위로

희고 큰 구름이 흘러가고 있었다.

자연은 어디서나 나를 괴롭게 한다,

또 인정은 나를 음울하게 한다,

오히려 나는 붐비는 도회의 공원을 걷다 지쳐

어느 쓸쓸한 나무 그늘 아래에서

의자를 발견하는 것이 좋다.

텅 빈 마음으로 하늘을 보는 것이 좋다,

아아, 도회의 하늘을 멀리 서글프게 흘러가는 매연,

그리고 저 도회의 지붕들 너머로

아득하게 작아지며 날아가는 제비를 보는 것이 좋다.

이렇게 외로운 나의 인격이,

큰 소리로 아직 알지 못하는 친구를 부른다,

나의 비굴하고 괴이한 인격이,

까마귀처럼 초라한 모습으로,

인적 없이 시들어가는

겨울 의자 한 귀퉁이에서 떨고 있다.

- 하기와라 사쿠타로

285

無事

오늘도, 무사

조금씩, 다르게, 살아가기

초판 1쇄 발행 2018년 6월 25일
초판 10쇄 발행 2023년 11월 15일

지은이 요조
펴낸이 윤동희
펴낸곳 북노마드

편집 김민채
디자인 석윤이
책방 무사 로고 디자인 황로우
사진 요조 이종수
제작 교보피앤비

펴낸곳 (주)북노마드

출판등록 2011년 12월 28일
등록번호 제406-2011-000152호
문의 booknomad@naver.com

ISBN 979-11-86561-50-8 03810

○ 이 도서는 한국출판문화산업진흥원 2018년 우수출판콘텐츠 제작 지원 사업 선정작입니다.

www.booknomad.co.kr

북노마드